中国作家协会
定点深入生活项目

长｜篇｜报｜告｜文｜学

時代答卷

何喜东　著

北方联合出版传媒（集团）股份有限公司
春风文艺出版社
·沈 阳·

图书在版编目（CIP）数据

时代答卷/何喜东著. —沈阳：春风文艺出版社，
2020.10（2022.2重印）
ISBN 978 - 7 - 5313 - 5935 - 7

Ⅰ. ①时… Ⅱ. ①何… Ⅲ. ①报告文学 — 中国 — 当代
Ⅳ. ①I125

中国版本图书馆CIP数据核字（2021）第007595号

北方联合出版传媒（集团）股份有限公司
春风文艺出版社出版发行
http://www.chunfengwenyi.com
沈阳市和平区十一纬路25号　邮编：110003
永清县晔盛亚胶印有限公司印刷

封面题字：李　敬（原石油工业部副部长）

责任编辑：姚宏越		**责任校对：**曾　璐	
封面设计：郝　强		**幅面尺寸：**145mm × 210mm	
字　数：150千字		**印　张：**7	
版　次：2020年10月第1版		**印　次：**2022年2月第2次	
书　号：ISBN 978-7-5313-5935-7			
定　价：50.00元			

一份精彩的答卷

第广龙

读完描写中国第一大油气田长庆油田的一支队伍——水电厂50年发展史的长篇报告文学《时代答卷》，我久久难以平静，沉浸在那波澜壮阔的岁月之河，过去和现在，界限明晰又模糊，光荣与梦想，奋斗与奉献，交织在大山，流淌在戈壁和大漠，其中蓬勃着生命的律动，其中有激情为事业燃烧的你我他，真切而生动地出现在我眼前，和我说话，和我共忆岁月稠。我感慨着，激动着，也沉思着。

我认为，这是一部有价值、有意义、有感染力的作品。

说起油田，通常都会和井架、抽油机联系起来。更多的目光，也会投射到油气奔涌的生产一线。这是自然的，也是必然的。这些，无疑是油气生产的主体，是石油作为采掘业的硬核，就像一部乐曲的主旋律一样，被人们关注和赞颂。这再正常不过了：掌声属于这些主营业务，舞台的中央，任何时候都要留出来，随时为油和气的直接生产者聚光。

但是，在油气产出的过程中，还需要更多的力量投入，才能共同实现生产目标，并归集到我们看到的产量数据上来。这些力量不可或缺，在油田内部被称为生产辅助单位、后勤保障单位、附属单位。这些单位的存在是不能忽略的，是无法从油田这个巨大构造上割舍的。水电厂就属于生产辅助单位，其重要性很少在文学作品上得到充分体现，《时代答卷》问世，填补了这个空缺，弥补了这个缺憾。这正是我认为这本书有价值的一个原因。

今年是长庆油田会战50年。20世纪70年代，数万人马从全国各地向陇东集结，展开了一场轰轰烈烈的石油大会战，留下了可歌可泣的事迹，"跑步上陇东""三块石头支口锅"的故事成为永恒的记忆和绵延传承的文化财富。经过几十年的发展，长庆油田由小变大，变强，变领先，是几代石油人艰苦创业的结果。长庆油田勘探开发的主战场是鄂尔多斯盆地，这里富集油气资源，却以低渗透著称，地下复杂，地表荒芜。长庆人战天斗地不认输，越是艰难越向前，拿下一个个油气田，油气产量节节攀升，实现跨越式增长。2013年抵达年产5000万吨油气当量这个高点后，已经持续稳产7年。敢于挑战、敢于斗争、敢于攀登的长庆人，又提出二次加快的战略性目标，今年将登上年产6000万吨油气当量的高峰。长庆长，长庆大，长庆美，长庆壮，这不是简单的文字概括，这是富有文化内涵的提升。长庆在创造物质财富的同时，也形成了一批文化产品。这是精神资源，无比珍贵，会永远流传，长河不息，薪火长存。

现在，一部《时代答卷》，又给长庆的文化长廊增添了一道亮丽图景，这正是我认为这本书有意义的主要原因。因为，这本书所书写的，是我们还不完全了解的长庆水电人的奉献和创造，让我们看到生产辅助单位也有值得呈现的面貌，也有那么多感人的故事，同样有血有肉，同样风云激荡。在长庆的历史中，水电人这个群体，也是和长庆的每一次前进相伴相随的；在长庆巨大的搏动中，有他们有力的心跳，有他们嘹亮的回声。

这本书在书写水电厂每一个重要时刻、重要历程、重要进步时，都扣紧长庆大发展的进程，都对准长庆大发展的坐标，这正是这本书在书写角度上的一个突出特点。这不是巧合，这正是水电厂和长庆同频共振、同呼吸共命运的生动体现。

这本书还有一个特色，那就是把带有体温的笔触更多地伸向水电一线的员工，伸向劳动模范、生产标兵，展现他们的精神风采，挖掘他们内心的真切感受。这也是我认为这本书有感染力的一个佐证。粗略统计，这本书里写到的人有50个，这样的人物占到了90%以上。这些人物身上，都刻录着一个时代的印记，都有那么多感人的事迹，诚如这本书的书名《时代答卷》，这些人就是为时代答卷的人，这些人就是答题人。他们交出的不光是一份合格的答卷，更是一份精彩的答卷。这份答卷，写在历史深处，写在西部大地上，写在长庆油田的每一个前进的刻度上，也写在他们的心里。他们的心是热的，是忠诚而无私的。他们的心，属于这个时代，属于长庆油田，属于水电厂的所有光荣。

这本书的作者，是长庆油田近年涌现的文学才俊，已经创作了大量文学作品，并且产生了一定的社会影响。作者本身就是水电厂的一名员工，熟悉了解水电厂的发展过程，对水电人奉献石油的业绩能全面把握，对水电人山一程水一程，用水电助力支撑长庆大发展的甘苦有亲身体验，由作者来写这本书，可以说找对了人，是再合适不过的了。据了解，为了写好这本书，作者又进行了长时间的实地走访，和书中的主人公一一见面、促膝长谈、交友交心，获得了大量的一手资料和感性材料，从而为这本书的完成打下了坚实基础。一些人离世了，也尽可能从他们的家人、他们的故交那里还原过往，再现当初。正因为不是速成品，花了大量功夫进行前期准备，书写时又精心构思、反复打磨，使得这本书禁得住阅读，每每对其中的章节品味再三，欲罢不能。

我尤其对水电厂领导的眼光和决断表示敬佩。长庆50年，水电厂50年，我们该做些什么，该留下什么？长庆油田层面谋划了成体系的文化工程，水电厂的领导在油田的总体格局之中，实施了一系列总结、提炼、定义，定型水电系统发展脉络的文化项目，功莫大焉。这本书只是其中一项内容，就已经令人刮目相看，相信随着其他文化产品的完成，将会给人们带来更多惊喜。假以时日，再回头端详，我们一定会感到水电厂这些文化产品的珍贵。

2020年9月12日于西安

第广龙，中国作家协会会员，中国石油作协副主席、西安作协副秘书长、长庆作协主席。参加《诗刊》第九届"青春诗会"，参加《诗刊》第九届"青春回眸诗会"。已结集出版9部诗集、10部散文集。甘肃诗歌八骏。获首届、第三届、第四届中华铁人文学奖，敦煌文学奖，黄河文学奖，全国冰心散文奖。

目 录

一个名字的诞生

那是一个骄阳似火的日子。井台一片繁忙，大家期待已久的目光，全都盯着那根通往采油树的长长出油管。

哗——那根直径8毫米的油管忽然响起巨大的呼啸，随即人们看到一条棕褐色的游龙喷射而出。

"出油啦！"那一刻，整个庆阳黄土塬欢呼和震荡起来。"晚上看是楼上楼下，白天看是两个泥猴在打架"的一群人，闹出了这样大的动静。

井台上，有人抱着油管哭，有人抱着油管笑，有人拎着一只葫芦瓢，满满地盛起一瓢新鲜的原油，最后情不自禁失声痛哭。大伙捧着原油往自己的脸上和身上抹，欢笑声一浪高过一浪。

这天是1970年9月26日。这是一个标志，标志着我国当下的第一大油气田，就此诞生。

石油档案

在这之前的1950年，国务院召开西北石油勘探会议，成立西北石油管理局，组建陕北勘测大队。于是一场秘密军事行动在陕甘宁地区展开。接受任务的是兰州军区官兵，随队的还有一批工程技术人员，他们是富有经验的石油工程师，大多数是玉门油田的老石油人。

"掘土三尺，也要在黄土塬上挖出油来。"石油工程师异口同声地说。但是油到底在哪呀？他们日夜沉浸在思考之中，回不过神来。

这里曾经是一片海，曾经离人们很远，远得没有时间只有地质。沧海桑田，再也找不到远古的海潮第一次激荡在中华文

夕阳下的小站铁塔

明胸脯上所留下的水纹。如今只能听得到涛声，那些活着的涛声，融进岩石的歌喉里，带着大海的浩瀚和力度婉转成山脉；还有一种涛声，以喷薄而出的火焰升腾呐喊。

这里现在是一片山，秦岭山脉横亘在中国版图上，风读它，雨读它，就连阳光也在读它。这是一片神秘的土地，轩辕黄帝开启华夏，秦始皇统一天下，唐太宗开创盛世，成吉思汗纵横亚欧，也让延安精神绽放出光芒。今天依然能够感受得到，这块土地上古朴原始的气息，以及游牧的生灵悠闲地甩动着尾巴，就像历史的钟摆不停地晃动。

长庆勘探研究院的地质专家告诉我，要搞明地下储备石油情况，就得先钻上几口基准井。打基准井的目的，就是通过钻探获得这部巨著在每个时代留下的科学符号，通过钻探手段取上来的岩芯来判断地下宝藏。在鄂尔多斯盆地将这些沉睡亿年的动植物的生灵重新唤醒，这将无疑是一个巨大的科学难题。

石油的生成，至少需要200万年，多则需要5亿年。在人类文明刚刚露出曙光时，石油便悄悄潜入了人们的生活中。人们采集那些渗出地表的石油衍生物，用于建筑水利，甚至用于医疗之中，因此称它为神奇的巫师之酒。

19世纪中叶，美国宾夕法尼亚州的埃德温，从坚如磐石的地下成功钻出石油，真正意义上的石油工业开始了。

巫师之酒成为黑金，成为社会永盛不衰的仙丹，所谓的黑金热，开始创世记。

石油不仅是现代经济的血液，也是影响当代世界经济格局的重要因素。随着人类工业手段的进步与工业革命的进行，军事科技也经历了一个从简单到复杂的过程：从冷兵器到冷兵器与火器并存的演变和进步。到了第二次世界大战期间，随着军用燃油机械的大量涌现，部队装备机械化的形成，油料消耗急剧上升到各种物资总和的一半，油料保障的地位迅速升高。在激烈的战争背景下，石油在地面攻防、空军以及海战中都被证明是取得胜利的利器。参战国都竭尽全力，占领富油地区，或者阻止敌人获得石油。交战双方心知肚明，当部队没油了，再卓越的军事家也无能为力，如同"沙漠之狐"隆美尔突然深陷北美沙漠深处那样。

关于这样的场景，《远离莫斯科的地方》这部激荡人心的作品这样描写："薄雾下的天空，旷远无际。蜿蜒生长的阿穆尔河，冰封千里。寒风凛冽的原野上，一场战役正在展开。人们心头燃烧着熊熊火焰，这是第二次世界大战最紧要的关头。"

这部激荡无数人心灵的书，以苏联卫国战争为背景，描写严酷岁月中石油工人工作生活的场景，主要讲述的是这样一个故事：1941年秋，德国军队向苏联进攻后，苏联在远东建设一条石油管道工程，原定三年的工程限期一年内完成。于是以建设处长巴特曼诺夫为领导的一支队伍，在远东西伯利亚风雪弥漫的大森林中，展开一场如火如荼的斗争。建设工程队像烈火一般行动起来，他们冒着大雪在没有道路的森林河流中前进，铺设输油管，在接通关乎胜利的输油管后，前线的胜利即将到来！

这本书让人们获得一种清晰的感知：石油在现代经济和历史中扮演着独一无二的角色！

《易经》第一次记载我国商周之际油气燃烧的景象，宋代第一次有了含石油沥青的火药配方。北宋年间中国钻井工艺技术有一次较大革新，出现卓筒井（这是从大口径的浅井向小口径的深井过渡的标志，这一钻井技术于世界遥遥领先，并传到西方各国）。北宋时期，人们发现石油可以做药，剧毒砒霜就是以石油为原料提炼的。新中国成立初期国家贫油，开国将领来不及洗去战火的硝烟，就俯身在版图前苦苦思考探索答案，随后用笔在黄土高原上画了一个圈。

这个难题的答案被揭晓，是庆一井喷射出黑乎乎的油柱，足足有10米多高。36.3吨这个数字，对于期盼着在黄土塬上找油的中国人来说，是何等兴奋。

打开超低渗石油宝藏之门的金钥匙，终于被找到了！长庆人不仅有叩开宝藏之门的胆略和勇气，还有从大地脏腑深处挤出黑石油的水平和能力。

前线的喜讯不断传出，继庆一井产油后，与它隔山相望的岭九井，又是一个金娃娃，日产原油258吨。这个数字是大庆油田松基三井的20倍。

于是在1970年11月，一个具有历史意义的重要会议在兰州召开。当时的会议秘密进行，会标是这样写的：兰州军区陕甘宁石油会战协作会议。参加会议的有国防部、陕甘宁三省军区，还有玉门油田管理局、银川陇东石油勘探指挥部、延长油田、西安咸阳等地方的石油机械、水电、建筑等单位40多家。油田战斗动员会勾勒出一张宏伟的战斗蓝图，5年之内拿下10亿吨石油地质储量，建成年产100万吨原油生产力的油田。

大地飞舞

从此，石油工业的一面新旗帜，指向红军曾经战斗过的黄土高原——陇东大地。

这就是50年前长庆油田的前奏曲。它充满坎坷，饱含全国人民的期望；它是石油命运的又一个承载者。

那时，长庆水电还在孕育中呢！

枕戈待旦

长庆开发指挥部，选取庆阳地区一个小镇作为落脚点。这个镇上有座跨越泾河的桥，因为连接着长武县与庆阳县，所以叫长庆桥。

来自四面八方的参战队伍，拉着架子车，背着行囊，迎着呼啸的北风，顶着烈日酷暑，长途跋涉，参与轰轰烈烈的长庆石油大会战中。

第十六团二连，完成陕西咸阳物资转运站10公里铁路抢建任务，接到开赴陇东的命令后，指战员们个个热血沸腾。十六团只有几辆卡车，等车不知会等到哪一天。他们发扬"有条件要上，没有条件创造条件也要上"的铁人精神，组织队伍徒步拉练上陇东。以二连为主的127名战士，四五个人分为一组，拉着22辆满载工具和行李的架子车，迎着朝阳从咸阳转运站出发了。

咸阳到庆阳的道路全是砂石路，坑坑洼洼、崎岖不平，战士们又是负重前行，体力消耗很大，行军队伍里配备随行卫生员，成立生活服务组，组织文艺宣传队，还专门办了一份《拉练快报》，将拉练途中的好人好事通过油印小报反映出来。跑步上陇东的队伍，平均每天步行30多公里。进入山区后，翻山越岭，越走越难，大部分人脚起了泡，一着地就钻心地疼。6月天气炎热，战士们汗流浃背，晒褪了几层皮。走累了，大家停在路边，齐声朗读毛主席语录增添精神动力。

"坡再陡，轮子转，过了一山又一山""苦不苦，想想长征二万五；累不累，比比英雄董存瑞"。走到坡陡弯多的地方，宣传队打着竹板给大家鼓劲加油。当时油印小报上的顺口溜是这样写的："过和盛，跨肖金，驿马关前夸英雄。"

按照原计划，从长庆桥赶到庆阳要走4天，领导看到大家干劲十足，临时决定4天的路程两天走完，早点赶到庆阳。这就意味着每天要走近60公里的路程。按平均每小时走5公里计算，每天要走12小时，这还不算路上吃饭的时间。急行军让掉队的车子一辆接一辆，宣传队员拖着烂脚板跑前跑后，扯着嘶哑的喉咙，又唱歌米又推车，鼓励后面的人咬紧牙关跟上队伍。到白马休息时，很多队员脱掉鞋袜后，已是血肉模糊，大家经过短暂的休息，仍咬紧牙关坚持行走。

经过两天急行军，这支队伍终于到达指挥部驻地。长庆油田会战指挥部的领导和各参战单位职工等待着这支英雄的队

跑步上陇东

伍。他们敲锣打鼓，夹道欢迎。队伍足有几千人，长达几百米。尽管大伙当天行程60多公里，已经疲惫不堪，但激动的心情和胜利的喜悦难以掩饰。

石油工人一声吼，地球也要抖三抖；石油工人一跺脚，陇东石油遍地流。这句顺口溜，承载着长庆老一辈创业者的英雄气概，是对石油大军跑步上陇东参加石油会战高昂热情的讴歌。历时8天途经2省7县，第十六工程团一营二连行程370多公里，是长庆石油会战史上的一次壮举，这首"跑步上陇东"的英雄壮歌，久久地被石油人传唱到今天。

1971年3月26日的誓师大会，揭开长庆水电发展的恢宏序幕。

查阅《长庆油田会战指挥部关于组织机构方案的批复》文件，这样记述这一历史时刻：根据长指党委（扩大）会议精神，批准设立兰州军区长庆油田会战指挥部二分部水电厂组织机构及人员编制，机构设厂机关生产处、政治处、后勤处，全厂共571人。

"兰州军区长庆油田会战指挥部二分部水电厂"——这个具有鲜明时代特征的名字，从此成为长庆电力诞生的重要标志。

长庆水电的3个处6个连队，分别驻扎在长庆桥、庆阳田家城、马岭、华池、山庄等地，承担庆城、马岭、长庆桥等地区油田单位的水电讯工作。第二年年底，水电由部队编制改为企业编制，会战指挥部二分部水电厂更名为长庆油田指挥部水电厂，撤销机关的政治处、生产处、后勤处和基层的6个连队，新组建12个科室，在基层成立9个直属单位和农场。

长庆水电的诞生，不是偶然，是石油企业发展的必然。一个石油工业不能没有电力支撑，一个油田开发也不能没有通信支撑。油田水电通信就是石油行业的粮草支柱。

水电是生长在长庆脐带上的一个孩子，能够拥有什么样的禀赋，常常取决于母体给予的滋养。从一张白纸上描绘蓝图，水电历经由小到大、由弱到强的漫长而艰辛创业发展历程。

这并非一蹴而就，亦非一招制胜，而是源于50年水电人紧紧围绕自身发展的核心命题，紧紧围绕服务保障使命，在技术创新、管理变革和文化构建中铺成的康庄大道。

让我们看看，下面一组数据演变的神话传奇：

从区区100万吨，

2003年长庆年产油气当量突破1000万吨，

2007年长庆油气当量突破2000万吨，

2009年长庆油气当量突破3000万吨，

2011年长庆油气当量突破4000万吨，

2013年长庆油气当量突破5000万吨，

2020年长庆油气当量突破6000万吨。

一年一个台阶！一步一个跨越！长庆开始扬眉吐气，天然气输进上海、天津和西安等地千家万户，奥运会的火炬熊熊点燃。

2003年长庆水电购发电量6.4亿千瓦·时，

2007年长庆水电购发电量突破11亿千瓦·时，

2009年长庆水电购发电量突破18亿千瓦·时，

2011年长庆水电购发电量突破25亿千瓦·时，

2013年长庆水电购发电量突破31亿千瓦·时，

2020年长庆水电购发电量突破44亿千瓦·时。

从这组数据的对比，可以很明显看到，随着长庆油田的发展，长庆水电的供电量也随之稳步攀升。

在保障长庆油气当量6000万吨的供电路上，长庆电网近10年供电量累计达340亿千瓦·时，较过去40年供电总量增长300%。长庆电网50年转供电470亿千瓦·时，相当于满足了380万户普通家庭半个世纪的用电总量。

梦想召唤的水电人，枕戈待旦，在我为祖国献石油的旗帜下，派生出五种旗语：

锻造一种使命叫产业报国，诠释一种感动叫拼搏奉献，成就一种传奇叫创新无限，彰显一种信念叫忠诚担当，孕育一种幸福叫和谐共融。构建起三大油田骨干电网，拥有变电站105座，22400公里输供电线路，年最大供电能力77.8万千瓦，在保障我国第一大油气田建设中展现"水电价值"。

流金般的足迹，半世纪的梦想。

油区夜色

　　有人说：如果你爱一个人就把他送到水电，这里是精神的天堂；如果你恨一个人，也把他送到水电，这里会将他锻造成钢。这是水电人的底色，也是水电的底气。

　　因为它依托的是一片热土，是一个大油气田。

创 业 史

——长庆水电创业发展见闻录

著名作家柳青在他的长篇小说《创业史》中写过一段话：人生的道路虽然漫长，但紧要处常常只有几步，特别是人年轻的时候，没有一个人的生活道路是笔直的，没有岔道的。有些岔道口，比如政治上的岔道口，事业上的岔道口，你走错一步，可以影响人生的一个时期，也可以影响一生。许多人对柳青这段话耳熟能详，后来另一位作家路遥，甚至把这段话当成他成名小说《人生》的题记。这段话朴实无华，却说出了一个发展前进的大道理，对一个人也好，对一个企业也好，在自己前进的过程中，总有一些岔道需要你去审慎选择。

在我出生之前，就已经浸泡在石油的氛围之中。石油是我们这一代人无法改变的、闪闪发光的黑金底色，使后来的人顺理成章成为"油二代"乃至"油三代"。

长安夏日的夜晚，微风温柔凉爽，城市群楼比肩，每扇窗透射出的灯光亲切而温暖，闪烁的银河宛若一条舞动的彩绸。走进水电厂史馆，展示长庆电网分布图的沙盘上，棋布的水电网络如银河星辰降落大地。展馆以真切翔实的历史资料图片和文字记叙，展示了长庆开发50年的奋斗历程和创新成果。

鄂尔多斯，既是宝库，又是海一样波澜壮阔的精神，如星光一样，闪耀在广阔无尽的原野。每个水电人都是一颗璀璨的星，为石油照耀万里的星，闪烁着理想的光芒。

久久伫立，凝视思考。那千百水电人，全都隐匿在时间的背后。过去与现在，熟悉与陌生，一帧帧画面在脑海中叠印、交替、转换。

筚路蓝缕、以启山林的创业岁月，如同一曲雄厚而高昂的序曲，开启了水电人的追梦之旅。

艰苦奋斗、自强不息的创业精神，如同一座桥梁让水电人跨越天堑，通往理想的彼岸。

谁创建了水电，长庆水电建设宗旨又是什么？

这是一个非常重要的问题，历史必须记下这一章，它既涉及事实的本原，又是水电精神发源。

靠什么方针创业？靠什么精神管家？

这是摆在第一任政委郭文秀心头最重的事。他调到水电队后，在那个土房子里苦苦思索着。

"历史的经验告诉人们，要采取大的行动，必须先统一思想，思想统一才能行动一致。"郭文秀讲得绘声绘色，大家听得十分入神。

这一年12月，长庆水电首次职代会，在厂部的食堂餐厅召开，125 名代表参加了这个重要的会议，郭文秀政委在会上就形势和任务发表了讲话。

"同志们，我跟大家的心情一样，也非常高兴，看到大家思想有一些转变。但又高兴不起来！为什么？"土坯房的食堂里，正在开会的人，看着眼前的郭文秀提出了这样一个大问题，房子里的气氛一下子变得紧张起来，连受到表彰的人都屏住了呼吸。

是呀，为什么呢？

老领导抬起右胳膊，摸了摸自己光溜溜的额头，神情凝重而又严肃地扫了一遍屋子里的人，突然他把右臂往空中猛地落下："因为现在的斗争异常激烈，务必保持清醒的头脑，继续做更加深入细致的工作。"

这样的气势和胆识，给后面一场又一场艰苦卓绝的战役植入了精神力量，更重要的是给水电留下了永远无法替代和抹去的精神遗产。

他收回犀利的目光，温和诚恳地说："现在是大会战的关键时期，油田对通信、水、电的需求持续增加，大家有没有信心完成任务？"

"有！"会议室里出现了强烈的高呼声。代表们带着一身热血，准备接受更大的任务。

"这次会议，可以说是水电发展史上的一个里程碑，它对建成一支打不垮的水电铁军起了重要的作用。"参加会议的老

学习《毛主席语录》

职工说。

领导班子调动积极因素，用马克思列宁主义唯物辩证观点，为会战保前线奠定了思想基础。

现代管理学之父彼得·德鲁克认为：管理是一种实践，其本质在于行，其验证在于果。从这个角度而言，管理在企业的具体实践中，有经验可以借鉴，但无法复制，有规律可以遵循，但没有锦囊妙计，也没有灵丹妙药，因此必须直面一个问题——水电到底适用什么样的管理。正是对这个核心问题坚持不懈、锲而不舍地追问，探索实践和总结，使得长庆水电走出了一条独具特色的管理之路。

长庆水电最初的管理秘诀是什么？可以用两句话来总结：认清了自己，看清了环境。

认清了自己。独具特色是水电管理的核心内容，因为电力的行业性质和业务特点，决定了水电路径的单一性，对行业属性和业务特点的清晰认识、准确把握，极大地提高了长庆水电走向正确之路的概率。自始至终，水电人以服务保障油田，加快发展为己任，对自己的使命和目标有着清晰的认识，使得在长时间的管理探索中，能够持之以恒地朝着正确的方向前进。

看清了环境。管理道路是一个涉及多重目标的复杂动态问题，因为鞋合不合脚只有自己知道。世间本没有路，走的人多了也就成了路。路的意义在于引领和探索，水电管理是一条探索之路，也是一条引领之路。正是点滴的积累，时光的打磨，历史的印记，给予水电管理鲜活而强大的生命力。

水电人怀着"誓死保供电"的坚定信念，开启了创业历程。那是一个激情燃烧的年代，一串长长的名字写在大地上……

马岭川印记

9月的陇东大地，初秋的余热未散。在群山连绵、山沟起伏的行进途中，陇塬漫山遍野的植被因雨水的滋养而变化多色。公路边际，晚开的黄花菜闪烁着迷人的金黄色。

沿着乡间小道，攀上马岭山巅，俯瞰川道油区，只见井站林立，油龙盘踞。川道两旁，一边是由国家投资正在修建的银百高速公路，另一边是投运的银西高铁线路，川道里车水马龙，一片热闹非凡的景象。

翻阅《长庆志》，时间追溯到50年前，马岭镇庆一井喷出36.3吨的高产工业油流，让来自全国各地的石油大军，以"钻透大地千层岩，定叫原油见青天"的创业气概，头顶蓝天，脚踏荒原，创造奇迹，书写辉煌。书里记载着一首《马岭油田即景》：

遥望红旗无尽头，油田景色不暇收。

公路九转攀上岭，管道一脉远输油。

烽火台旁立井架，青纱帐里建住房。

倘若到此逢夏日，满川苍翠环水流。

诗的字里行间，一派欣欣的气象。如今站在庆一井前，一块巨石矗立在此，长庆功勋井讲述的感人情景，让王化兰、张云清、王文汉等一批石油好汉栉风沐雨、艰苦奋斗的创业史至今仍历历在目。悠悠岁月像一条流淌的河，带走许多记忆和脚印，带走许多青春和生命。参加过当年陇东会战的一位老水电说："把长庆比喻为一块硬骨头，那庆一井的出油，就是长庆石油人啃下的第一口。"

越是艰苦的地方，越需要精神力量的支撑，长庆几代人锤炼出一种星火燎原的思想境界："艰苦不怕吃苦，缺啥不缺精神!"

干打垒，永远是达熙章心底永不褪色的记忆。它是哺育生活的温床，为石油人创造生活环境，也成了第二代石油人成长的摇篮。

何谓干打垒？没有住过的人很难想象那是个什么模样，仔细研究历史资料后，我终于明白：干打垒是四面土坯垒成的墙，没有门没有窗不见天日，房顶上铺着树枝和麦草，草上是一层防水用的油毡。干打垒看上去简单，可打起来费力，土坯光有沙土不行，还要掺着黏土，土要到山沟里用背篓背出来。

制作干打垒，是每一个单位的政治任务，是会战时期极端重要的战斗任务。因为油田会战，几万兵马从天而降，这么多人的吃和住，成了最现实也是最大的生活难题。

"自己动手，丰衣足食！"指挥部发动动员令，全员齐上阵，以最低的成本，最快的速度，建造一批经济适用房干打垒（这也是工业学大庆的成果之一）。

达熙章在视频影像资料中动情地回忆："我们和泥巴，打土坯，大家就干脆把鞋脱了，光着脚和泥，和出来的泥均匀，还能提高速度。"

> 嘿嘿嘿哟，嘿嘿嘿哟
>
> 飞起你的夯嘿哟
>
> 抡起你的锤哟
>
> 加上那木板打好桩哟
>
> 千军万马扎下营哟
>
> 我们长庆人哟
>
> 一步一个脚印，向前进，向前进
>
> 嘿哟，干打垒，干打垒，干打垒……

达熙章唱的这首干打垒之歌，当年几乎人人都会唱。为了抢在入冬前盖好新居，他们晚上吃完饭加班干到十一二点。若是雷电大作、大雨瓢泼，即便是半夜，劳累一天的职工也会拿着雨衣、雨伞、塑料布，遮盖住小山似的土坯，像保护孩子一样将其悉心保护起来。

入秋时，四排干打垒房舍建起来，一排八间房，外形低矮粗糙，结构简单实用，清一色的面孔，一个尺码的面积。无贵贱高低等次级别之分，无地势优劣邻里搭配之争，大家你推我让，在干打垒墙皮还未干时，就迫不及待地搬进了"新居"，由于阴冷、潮湿，在里面没住多久，很多人身上就长起了一块一块的红斑，奇痒难耐，但这样的生活条件，也丝毫没有影响大家高昂的工作热情。

干打垒承载石油的昨天，连通着石油人的血脉和情感，是石油人不可忘却的工程。达熙章留存下来的那张干打垒照片，极为宝贵。

随着时间的推移，直到董家滩生活基地建成，老石油们才搬离干打垒、土窑洞等"临时"居所，住进宽敞的居民楼。那时基地的职工、家属多达7000多人，那也是马岭川道里最热闹繁华的时光，街道两旁仿古的店铺，以及各色服装店、川味饭馆、游戏娱乐厅，人群熙熙攘攘。

后来历经两次大的搬迁，曾经的热闹景象逐渐退却，董家滩生活基地只剩下少数职工，成为驻扎在马岭川道里最后的"石油守根人"。

现如今，偶尔会有一些怀旧的老石油，坐上子女的私家车来到马岭川道，在曾经奋斗生活过的地方驻足停留，回味那段抹不掉的记忆。

马岭川，不再是一个地名，而是几代石油人集结地。它因石油而富有，又因石油而落寞。这里不仅是梦想开始的地方，更见证了一代人拼搏奋斗的青春。

峥嵘岁月稠

当我走进贺旗35千伏变电所时，眼前不断浮现当年的热闹景象。贺旗，长庆水电人在这里创业延伸，这里的每寸土地、每幢屋舍都饱含建设者、劳动者的心血、泪水和悲欢。

如今的贺旗原水电大院，只留下空旷厂区，几条已经清冷下来的巷道，人走楼空的楼房。当我面对当年奋战于陇东油田的水电老职工时，首先想记录下来的是老水电何士杰的往事。

那是1972年春季的时候，他在一次线路检修中，不幸摔断了左腿，因左腿骨股骨折，住院治疗8个月。

初愈后，领导提出要给他换一个轻松点的工作，他却说："外线工我干起来顺手，咱喜欢这个行当。"

他那条受过伤的腿开始肿胀疼痛，小腿中下部两侧生疮流脓不止。他多次去医院看了也未见效。从这时起，腿病就成了他的"秘密"。只要在众人面前，不论是买饭、打水、散步，还是工作，总是步伐转快，手脚麻利，就连骑着自行车外出工作，他也总是走在人前。

每当挂电缆时，他坐在离地面7米多高钢线的滑板上，系好安全带，右手麻利地上卡子挂电缆，左手牵着钢线，迅速移动滑板。需要别人配合换杆档时，他身子一挪，左腿跨到下一档钢线，像要杂技一样，手腿并用，利索地提过滑板，换了杆档。这一连串的快速操作，被大家称为一绝。

配线表是用来记录千万条纵横交织通信线路的仪器，是外线工必不可少的基础资料，要熟记它，并非易事。他摸清配线表的窍门，对自己维护的线路记得非常清楚。知道他腿受过伤的同伴们，在工作时都劝告他少干一点，但他总是说："我和别人一样。"

可是晚上成了他最难度过的时候，他总是关好宿舍门窗，解开绷带，一面用酒精擦洗流脓的伤口，一面剥去脓痂，直到伤口的稠黄色脓液都被挤出来后，再次擦洗完给伤口敷上两包消炎粉，再用绷带紧紧勒住。次日一早，他又和常人一样来上班了。

那年秋季，他的"秘密"终于被大伙发现，便被强行送进职工医院。主治医师一钳一钳揭开半厘米厚的脓痂后，动情地说："像这样严重的溃烂，在我从医经历上罕见，他能坚持担负十几年繁重的工作任务，简直不可想象！"随即，他被转送到外地专科医院治疗。

何士杰就这样拖着病腿，在油田通信工作岗位上一干就是21年，堪称水电通信事业的老功臣了！

我还了解到这样几个故事：

供水工段主任蔡发泉，克服文化低、工作忙等困难，刻苦攻读，写下心得笔记150多篇6万多字。职工说他一心扑在工作上，下雨一身泥，晴天一身汗。1973年5月的一天，半夜突然下大雨，他急忙拿了家里两个塑料单，冒着大雨跑了两里多路到西河，盖住放在露天的水泥。在寻找水源中，有些人怀疑青石板下没有水层，他调查访问，冒着风雪严寒、翻山爬坡，步行300多公里走访40多名老社员，调查王沟门、九沟、四十里铺等9个水源情况。证明青石板下有水层，而且水质很好，确定了水电厂就地解决水源的决策。

张曰顺1959年转业到玉门油矿，后奔赴长庆油田。他曾多次被评为劳动模范，在全厂职工代表会议上，被树立为学习的榜样。参加指挥部职代会回来，他听到不少赞扬声，面对阵阵赞语，他的心久久不能平静，前思后想，暗暗下决心：万里长征不停步。体弱多病的他，文化低难不倒，工作忙挤不掉，不论是倒班休息，还是节日放假，常常孜孜不倦地勤奋学习。荣誉多了，他更加谦虚谨慎，参加工作近20年，资历也不算短，但在工作中踏踏实实，下班时发现厕所的粪便没收拾，就扛上铁锨把粪便一锨一锨地铲出来，找来架子车拉往车间的菜地。

外线电工既是技术活，又是一项重体力劳动，男同志干这行都够呛，别说一帮姑娘了。1974年3月成立的水电唯一——支女子外线班，共架设输电线路100多公里，安装照明灯具4000多套，年年登上光荣榜。班长桑大荣带头在工房门前栽了几根杆子，有时间就爬上爬下地练，手上磨出了血泡，用布条包一包，胳膊上扎满了刺，就互相挑。腿蹬肿了，手磨破了，但她们谁也没有退缩，十遍八遍地练，个个练就了一身登高、架线、装灯的硬功夫。她们承接的小凤川农场7公里输电线路的架设任务，在子午岭深处，山大沟深林子密，气候多变人烟稀。姑娘们披星戴月，每天在寒风里工作15小时，仅用13天就架通线路。架设庆阳至贾桥9.5公里的输电线路时，线路被一块位于河中间的大石头挂住了，怎么也拉不动。副班长方新梅二话没说，跳到河里去拉线，新学徒燕明霞看到师傅下去，也跟着跳到刺骨的河水里，师徒二人齐心协力把线拽上来，这才放完最后一条线。

电话车间五班青工盛天福调来时，正赶上庆华线路紧张施工。整天跋山涉水，挖杆洞，抬电杆，成天在野外和电杆、脚扣打交道，又苦又累，就不安心架线，组织纪律松懈，班里议论纷纷："他是出窑的砖，定型了；就是再下多大功夫也是瞎子点灯，白费蜡！"班里对他的问题进行分析，党支部委员、团支部书记何建国和他一起学习铁人王进喜事迹，和他结成互帮互学的对子，激发了他对架线工作的热情。后来在华吴线路开工不久，秋雨不停地下，唯一的便道被山洪冲断了，电杆运不上来，带来的蔬菜吃完了，只剩下一袋面粉，送粮送菜的队伍，一连试行三次都没有成功。面对困难，有的员工愁眉不展，说："巧妇难为无米之炊，饭都

水电女子供电外线班

吃不上，还能干活？干脆雇上毛驴拉上工具，收兵回营。"这时，班里的党员利用老区的有利条件，向老区人民学习，和老前辈比艰苦、比贡献，白士金说："生活苦不苦，想一想红军长征二万五，再大的困难也能克服。"没有菜吃，拔野菜，何建国、盛天福先后拔了50多公斤野菜。为了节约粮食，他们把三餐改为两餐，干的改稀的，野菜拌糊糊。但随着线路延长，施工的困难越来越大，尤其是在8公里长的大板山上施工，每次上山，要过六道河，拐20多道弯；每出一次工，远的往返步行五六十里，最近的也要跑上10多里。当时天气变化无常，有时一天两场雨，但他们冒着雨在大板山上整整干了36天，才完成线路架设，为二期工程赢得了时间。

随着会战形势的迅速发展，庆阳发电车间机修班来了一批复转战士和青年学徒。看到这些生龙活虎的青年人，老师傅心里乐得像开了花，关切地问寒问暖，热情地传授技术，这伙青年人很快爱上了机修工作。但时间一长，有的人看到和自己一起来的，人家穿得干干净净，自己出门从头到脚都是油，总觉得心里不是个滋味。有人就说："当上机修工，浑身油乎乎，出门不好看，就怪咱命苦。"后来当他们从修造车间往发电车间调时，说啥也不愿再干机修工。班里的老师傅经过摸底，了解到这些员工大多出身于贫苦家庭，他们组织了忆比活动。老师傅余顺玉在旧社会是手拄着讨饭棍走过来的，班组会上就请余师傅进行忆苦，一石激起千层浪，余师傅忆阶级苦，揭露了旧社会的恶。女徒弟刘桂梅原来调往发电车间时，嫌机修工脏，后来听了老师傅的忆苦思甜后，想起父母的一席话："你是在红旗下长大的，今天有机会进厂当工人，要好好珍惜工作机会。"她说出了自己的错误思想："忘记以前的苦，就尝不出什么是甜，就不知道今天为谁在干。"从此处处严格要求自己，以苦为荣，脏活重活抢着干，受到了大伙的好评，光荣地加入了共青团。

有职工说，想想过去苦，看看今日甜，想想英雄先烈，比比自己对革命的贡献，简直差得太远，我们再苦再累，做的工作再多，还不如革命前辈的零头多。

从玉门而来

塞外油城玉门正值滴水成冰的寒冬季节，北风呼啸，寒气逼人，但李蔚荣的心里却烧着一把火，能够参加新油田的建设，让他感到无上光荣。他告别玉门，告别亲人，踏上了去往未知世界的新征程，一分一秒也没有耽误。

他属于第三批参加长庆会战的水电职工。当时和他一起抽调参加会战的，还有100名供电车间、供水车间、热力车间岗位职工。

这是他第一次来到庆阳这片广袤的大地上，他那双深邃的眼睛，透过车窗在寻觅、在探索、在思考眼前陌生而充满神秘的土地。眼下的黄土地白雪皑皑、漫天银装，广袤无限、一马平川，这就是董志塬。

太美了，美得透心，美得刻骨，美得让人热血沸腾，但也太苍凉了，苍凉得叫人恐惧，叫人感慨。

初上陇东，他们驻扎在宁县长庆桥，主要担负为初来长庆桥会战的油田其他单位发供电任务。长庆桥到处都是麦地，水电队临时搭建了几个竹皮活动房，一个房子里挤了40个人，都是上下铺，随身携带的行李没地方放，就放在活动房外边的麦地里。

李维荣主要担负供电任务，长庆桥没有一条像样的公路，道路都是狭窄的土路。有一次，指挥部派车运来一车用于发电的柴油，车行驶到离临时发电机组四五百米远的地方没路了，车子行进不动，油没法运进去。在场的职工看到这种情况，立即跑回宿舍将洗脸盆拿出来，用脸盆一盆一盆地接柴油，往发电站送，直到次日0时后才将一车柴油全部送至发电站，保障了发电任务的顺利进行。那年过年，他放开肚皮一口气吃完8个馒头，3份红烧肉。那顿饭真叫香，让他记忆犹新。

在之后的岁月里，他所在的外线班迅速投入热火朝天的油田大会战中，上合水下马岭，进华池战环县，为油田生产生活区域架设了无数条带去光明和动力的银线。

翻阅史料，我常常在想，是什么支撑那个年代的人战胜了困难。在一段视频采访中，我看到了李蔚荣给出的答案，回想

架设供配电线路

起那段艰苦的岁月，视频里的他说："是信念，正是靠着建设油田的信念，才有了坚持的动力。"

戎装换工装

樊廷辉从部队转业成为石油人，这样的转变只用了3天。他还没来得及脱去军装，就到了新的战场。如今几十年过去了，当年"万马战犹酣"的会战场面，他一直记忆犹新："部队出征那天是一个下雪的日子，天很冷风很硬，吹到脸上像刀割一样疼,背上的背包是我的全部家当。"

马岭到董家滩急需架设一条通信线路,杆坑都挖好了,就等电杆到位。军令如山,接受命令的,还是他们部队的官兵,背的还是那个背包,绑腿还是那个绑腿,衣服还是吹军号穿的那身军衣,唯独肩上缺了扛了多年的枪。

当时最大的困难是缺乏交通工具,没有汽车,没有马匹,没有最先进的运输工具,只能是秦皇汉武年代使用的手推车,有所不同的是当年的木头轮子换成了胶皮轮子。为了不耽误战机,厂长王克明做出了人拉电杆上马岭的决定。

可那时没有那么多的架子车,运送工作碰上了拦路虎。但在石油工人面前,办法总比困难多。车不够,他们找兄弟单位借,当日就凑足了25辆架子车。根据架子车的承重能力,经过测算每辆车3根电杆,由3个人护送,当晚装好车,做好了出发的一切准备。

次日清晨6时,以景存学、张书发为领队的76人电杆运送队伍,拉着25辆架子车准时来到出发地点。长庆桥到马岭160公里之遥,要上下3个大山长坡,当时都还是土路,沿途沟沟洼洼不计其数,正如当地老乡所说:"塬大坡陡弯弯多,出了门槛就爬坡,步行走路还颠簸。"上长庆桥大坡是头一道难关,松软的黄土路基给架子车胶皮轮子增加了不少阻力,约4公里的大坡他们足足用了3个多小时才将全部架子车推上坡顶,这时候大家的衣服全都湿透,体力消耗过半。为了赶路,运送队伍顾不上歇息，到达肖金时太阳已经落山，他们找路边的老乡商量，找到几间闲置土窑洞，铺上麦草过了一夜。

第二天天擦黑，他们才赶到驿马休整，脚底都磨出的水泡让大伙行走疼痛难忍，但为了及时架通电话线路，保障会战顺利进行，这又算什么呢！第三天下午到十里坡时，第二道难关又堵在大家面前。常言道"上山容易下山难"，十里坡弯弯曲曲，盘山而下，没有走过山路的人，向下望一眼心里都有点发怵，莫说还要拉着千斤重的电杆，若是稍不留意就会车毁人伤。为了保证万无一失，他们10多个人为一组，加大车后的拖拽力量，用好几个来回，把所有架子车安全护送到了十里坡下的平路上。后面他们又用同样的方法安全通过五里坡。就这样，他们经过4天的徒步跋涉，把电杆送到马岭施工现场，为电话线路架设赢得了时间，留下一段"人拉电杆上马岭"的激情燃烧岁月，留下一份滚烫炙热的情怀。

支援大水坑建设，他们到荒滩上后，风餐露宿，逢山开路，遇水搭桥。提起那段创业史，樊廷辉动情地回忆："睡在帐篷里，晚上天气冷，被子盖在身上，大家衣服都不敢脱，早上起来探出头，好家伙，被子头发全是白霜。"

电力负荷的急骤增加，超过机组的发电能力，造成电力紧张，加之又逢冬季整训期间，长庆水电又担负了前线井队发电机、电动机的检修任务。又一场38人的大会战，从1月1日起，共检修大小设备10台，解决运行设备的超保问题。

劳累一天后，樊廷辉四仰八叉地躺在帐篷的草垛上，在地动山摇的呼噜声里进入梦乡。这是会战一天，也是他经历的每一天的样子。

　　创业艰难百战多，50年里，解放军精神和延安精神、大庆精神一同在鄂尔多斯盆地生根开花。三块石头支口锅、人拉肩扛搞生产、风餐露宿找石油的故事，无一不蕴含着解放军精神的强大力量；垮的是困难，不垮的是石油人的意志；选择了石油就选择了奉献，选择了石油就选择了忠诚的名言，无一不印证着解放军精神的延续发展；庆一井的发现、陕参一井的高产气流，苏里格气田的横空出世，无一不闪烁着解放军精神的璀璨光芒。

　　长庆目前有近两万名退伍军人。战争年代冲锋陷阵，和平时代守护疆土，但从脱下戎装穿上工装的那一刻起，他们便将一腔热血献给祖国的石油事业。一切行动听指挥，水电铁军整装出发，以十足的底气与决心，雄赳赳气昂昂奔赴新战场。

　　就是这样一支不穿军装，但保持军队作风和传统的钢铁队伍，绘制了水电发展的封面。

　　水电人按照"发展石油工业还得革命加拼命"和"备战、备荒、为人民"等指导思想，扎实开展远学大庆、近学1290钻井队的群众运动，抓革命、促生产、促工作、促战备，加强生产建设，开展技术革新，实施企业整顿，发挥"保油上产、水电先行"油气会战排头兵的作用，保障创业初期油田各单位水、电、讯供应。发电容量1900千瓦，日供水600立方米，电

人拉电杆送马岭

话服务56台/月。建成贺旗第一座燃油发电厂，装机容量为16500千瓦，完成长庆水电创业起始阶段。

震撼我的，不仅是他们住干打垒喝泾河水，上庆阳战马岭，更是一处处鏖战的场面，一腔腔热血的斗志，他们经历的种种艰辛，和厂史馆里陈列的一件件老旧的工具工衣，一份份发黄的证书资料，一枚枚坚硬的奖章，都让人无法忘却。

它们毫不费力地闯入我的视野，猛烈地撞击着我的心坎；它们是水电人宝贵的珍藏，记述着水电会战的荣光；它们是永远闪光的箴言，记述着水电人的创业史。

而水电发展的鸿篇巨制，才刚刚起笔！

贺旗发电厂全貌

边 塞 曲

——水电陕北建设咏叹调

"但使龙城飞将在，不教胡马度阴山。"这是唐代诗人王昌龄写下的诗句，这首边塞诗，既是一幅金戈铁马的征战图，又是一阕悲壮愤慨的咏叹调。

"秦时明月汉时关，万里长征人未还。"从先秦到东汉，从明清到民国，战争、赋税还有恶劣的自然环境，把安塞推入痛苦的深渊。这里的土地忽然有一天被隆隆的机器声吵醒，几乎是一夜之间，石油工人在高山梁上竖起井架，于是这里有了路，有了车，有了楼房，有了城里人享受的现代文明。这变化太快，让当地人始料未及。

翻开安塞油田的开发史——长庆实现"由侏罗系向三叠系为主找油"的战略转折；"安塞特低渗透油田开发配套技术"被中国石油评为重大科技成果，并被誉为"安塞模式"闻名全国石油系统。原油年产量跨越300万吨，跻身我国十大采油厂之列。

长庆的发展史，每一次都是关于梦想的抉择，每一次都是关于梦想的重估。岁月磨砺的日子，让长庆人懂得了什么叫珍惜和自重。不以横贯千里为远，不以千沟万壑为难，不以荒芜绝孤为险，直面鄂尔多斯盆地的复杂，闯出一条百折千转、高潮迭起的科技之路。在没有传统理论指导，没有现代开发技术可借鉴，国内外知名公司和专家宣称无开发价值条件的情况下，长庆凝聚自身的科技智慧，制定适合发展的科技之路，凭借技术攻关铸就科技利剑，取得举世瞩目成就：

大会战期间形成的古地貌控油新理论，指导开发初期的勘测，实践创新的压裂技术，为后来油气开发奠定技术基础，长庆迎来石油储量的增长期。长庆水电也是在这个时期投入油田的生产建设中，为油田提供电力通信和水源服务保障。

长庆在扎实的综合地质分析基础上，开创性地提出内陆三角洲成藏理论，丛式定向井钻井、同步注水、井网优化，这些针对低渗透油气藏开发的实用技术，也相继成型，磨刀石终于被攻克，长庆迎来第一个快速发展时期。长庆水电也是在这一时期建立陇东电网，建立发电站，步入发展正轨。

在祖国的西北部，平静的表面之下奋进的脚步声悄然而至，一大批"找油"将士在鄂尔多斯盆地辗转奔走。油气并举协调发展成新的战略方向后，长庆在综合地质分析陕西靖边地质的基础上，认定该区域具备形成大型气藏的条件，并在随后创立靖边气田，开创油气并举的新局面。这个阶段创新的岩溶谷地貌、刻画技术、高分辨率采集和地震解释技术，突破黄土塬沙漠地带勘测禁区，精细刻画地下数百米甚至上千米的地貌地形，提高勘测效益。长庆水电紧跟西北电网的迅速发展，抢抓机遇，主动求变，加快水电网络调整和通信专网完善，服务保障油气田勘探开发建设，年发电量1亿千瓦·时，供水量530万吨。

好汉坡旁建基地

安塞油区建设初期，主要依靠小型柴油机发电和地方农电线路来提供电力供给，但由于地方线路的建设维护水平较低，发电机容量小，供电质量与可靠性达不到生产生活需求。

为满足安塞油区产能建设的紧急用电，长庆水电在安塞县坪桥乡念华沟村建设了一座燃气发电站，以缓解安塞油区生产生活用电的需求。3月30日，成立安塞水电队，队部设在高沟口冯庄采油一厂的一个井场内。

当我乘车穿越绿山锦绣风光险峻的金锁关时，眼前豁然开朗，展现辽阔壮美的陕北高原。高原上的陕北，已经脱去灰暗的冬装，一片片的绿野，山畔的山桃、野杏及河沟畔的砍头柳，都以粉白、嫩绿绽放出青春勃发的亮彩。

经过黄陵，过洛川，到延安，顺着延河在高塬沟壑的缝隙中前行，山峁沟坡随处可见磕头机上下运行；山头和沟畔伸向远方的电网铁塔高耸入云，路畔山边的高压电线杆一排排延伸。

静静地眺望车窗外群山河道，这里曾是中国石油工业的发源地，中国陆上打出的第一口油井也在此——延长石油官厂的油井，今天依然屹立在一所希望小学校园内。这里也是革命圣地延安红色根据地的一部分，如今战火的硝烟散去，山塬依旧，只留下蓝天白云和黄土高原的投影。

站在水电冯庄老基地，身边只剩下一排土围墙和11棵白杨树，树下开着格桑花，采蜜的蜜蜂忙忙碌碌。

在离冯庄基地不到10公里的地方，有一座山坡，它的名字很硬朗。走进峡谷深壑后，"好汉坡"3个巨大汉字赫然耸立在崖端上。

> 黄黄的那个山峁峁哟，黄黄的沟，数不清的川道爬不完的坡，自从来了咱石油的汉哟，满山山踏成了好汉坡。
>
> 油井井建在高岭岭上哟，伸手手敢把星星摸。一座座小站云里头落，一井井石油汇成河，忽雷雷朝天，一声声吼，齐声声唱起好汉坡……

爬上坡，远远便听到从望不着边际的山峁里传出的信天游。其声音雄浑中略带沙哑，其豪迈中夹着几分沧桑感。自古华山一条道，这座"阎王坡"的坡度，丝毫不逊华山。

成立初期的安塞水电队

当地群众流传着这样一句顺口溜："上了阎王坡，十人九哆嗦。从上往下看，吓得魂魄落。"王三计量站管辖的10多口油井就位于这座阎王坡上。采油工人每天上下巡井，人爬在坡上，心悬在半空，稍有闪失，便会滚下几十米深的山涧，因此每一次巡井爬坡，都必须有"不到长城非好汉"的勇气。久而久之，采油工就自称爬坡好汉，好汉爬的坡也就成了"好汉坡"。

安塞油田出好汉，好汉坡上好汉多，由此延伸出来的好汉坡精神更是激励了一代又一代的石油人。先后涌现一大批不同层面的时代榜样和模范人物。

好汉坡，如一块磁石，又似一面镜子。攀爬好汉坡463级台阶，见识了陕北开发建设的员工队伍肯吃苦、敢拼搏的精神风貌，更体会到这是长庆"磨刀石"精神的内涵。好汉坡是一条路，激励水电人不断攀登向上的"路"；好汉坡是精神标杆，鼓舞着水电人勇往直前。

长庆人一定是采撷了好汉坡精神开出的花朵，才有蜂蜜一般晶莹剔透的精气神。这种精气神，我从李季的作品《柴达木小唱》、李若冰的作品《柴达木手记》里读到过，从一代又一代石油前辈的精神火焰里找到过，从第一代石油人的生活册页里见到过。面对油田开发初期的艰辛和苦涩，他们靠着爬坡过坎、滚石上山的精气神，创造安塞油田300万吨生产能力，让人惊叹的同时，不禁想这里蕴藏了多少水电人勇攀"好汉坡"

唱响的供电保油之歌。

如果把长庆油田展馆里陈列的岩芯放在显微镜下，你会惊奇地发现，整个储层是致密的花岗岩，这就是长庆人常说的磨刀石，长庆人被称为磨刀石上闹革命的人。从磨刀石里挤油，其难度可想而知，磨刀石曾经让多少人满怀希望而来，沮丧失望而去。攻克磨刀石，挺近低渗透，成了多少人的梦想和希望。

何谓低渗透？这是一个专业术语，是一个科学定律，这个定律是法国工程师达西在1856年提出的，后人用他的名字命名了达西定律。像欧姆定律一样，达西定律是用来计算地下流体流量的单位。换句通俗的话说，地下石油天然气储量，流量压力和开发价值是由达西定律来判断的，人们更多采用毫达西这个概念，也就是1/1000达西。按照国际标准，渗透率小于50毫达西的油田，叫低渗透。小于10毫达西的油藏成为特低渗透。小于1毫达西的油藏为超低渗透。

20世纪80年代末，水电走到历史发展中何去何从的一个岔路口。时任厂长刘永泉明白，要把一个人的自觉和清醒转化为集体的自觉和清醒，光靠宣言和说教是不可能奏效的。他要做一篇大文章，这篇大文章怎么做？起初他也有困惑。是固守陇东还是开发陕北市场？这是一个严峻的考验。就像一个战士已经冲上了顶峰，占据了市场，又要冒着枪林弹雨，重新组织冲锋。

1988年年底，刘永泉在工作会讲话中，似乎可以为当时的情况做一锤定音的总结："尽快进行改革，放开搞活、广开门路，大力发展第三产业、制造产品，面向群众，面向社会，打入市场增加收入，要力争在近期内使职工的收入有一个明显的提高，争取人均奖金翻一番。"

经过十几年的积累，水电完善陇东电网，开启自发电为辅、转供电为主的模式。有一支特别能吃苦、特别能战斗的电力铁军队伍。有一批充满智慧、充满创业精神的技术骨干。水电人有条不紊地开拓陕北市场，掀开发展历史上崭新的一页。以后的实践证明，他们迈出的脚步是得体的，新的时期开始了。

牵出油龙供水人

庆阳到安塞300多公里路程。支援安塞建设的王礼孝和14名水电先遣队队员，在华山牌农用车上，顶着刺骨的寒风，斩碎乡间道路上的薄冰，一路颠簸才到达安塞县。

山上山下都是厚厚的积雪，天阴沉着，凌厉的西北风，顺着沟道呼啸而过。他们为了保供水，抽不出时间到县城去购置生活用品，更无法安排专人做饭，几乎天天煮挂面，就着从家带来的咸菜。短短的20天，让王一供水站日供水量增长一倍多，日供水量提高到1600立方米左右，不但解决了王一注水站日供水1300立方米的需求，为油田基础建设提供临时性供水外，还根据注水站用水量、水罐容量和水泵排量运行数据，完善供水工艺和运行程序，解决以往向大罐注水时溢罐、将罐内水外输时抽空等问题。

水和油的关系密切。地下原油的开采，使地层原有压力下降，渗透率底。这就需要人工把源源不断的水注入地层，对压力进行补充，使油流有足够的驱动，保证原油稳定生产。由此可见，注水对原油生产起着重大作用。水电人用水浇灌的一棵棵采油树枝繁叶茂。

一吨原油生产需注入3吨水。他们注入地下的2.8亿立方米水，正是牵出油龙的水电人以水换油的真实写照。

在成为水电打开陕北市场的先遣队前，王礼孝是当时油田供水量最大的供水站——北一供水站站长。北一供水站1978年正式投产。

当时长庆油田会战捷报频传，形成华池、庆阳、陕北、宁夏、马岭等油田区块，其中马岭油田成为长庆油田陇东会战的主战场。除可见工业油流的钻井捷报外，曲子首站、北区集中处理站、北四转重大工程项目相继建成，一万余名石油职工奋战在这块土地上。

在当时的情形下，无论工业用水还是生活用水，都是关键的关键。

油田会战指挥部下达供水命令。北一供水站在不到一年的时间里建成投产，这对当时的工艺来说，速度是惊人的。供水站安装有8台五级水泵和4具水罐，同时附有配电室、水处理、水化验等附属设施，是当时陇东油区规模最大、日供水量最大、供水任务最重的供水站。

当时马岭油田正进入大开发初期，注水需求量大，注水泵24小时运行。那次王礼孝巡井回来后，发现向北二注输水的水泵电机声音有点异常，电流表电流增大，水泵压力有所降低，他便立即出外巡视管线。北二注在距离北一供4公里远的山顶上，当他爬到距供水站3公里处时，发现输水管线爆裂，巨大的水注将山坡冲出一个两平方米左右的大坑，洪水向山下狂泻。当时没有移动通信设备，他急忙跑到北二注打电话让供水站停泵，关掉进水阀门，防止水罐的水倒流，又跑到厂部请求派人焊管线。当他和同事们将电焊机抬上山坡，焊好管线时，天已黑了下来。这时，他们才感到浑身发软。像这样的事在北一供水站的供水生产中，曾不止一次出现。

1986年，也是一个秋季的星期天，天下着大雨，到中午12点多，雨越下越大，在家休息的王礼孝担心北一供的安全，穿上雨鞋便往站上跑，当行至站门口时，山洪将附近居民家的土坝冲垮，公路上的水已有半米深。他和值班的另外两名员工冲进站内，先用毛毡、砖头、沙袋堵好泵房的门，防止洪水进入室内的电缆沟，又扛起站内搞基建用的水泥袋去堵大门。50公斤重的水泥袋，3个人扛了100多袋。山洪虽然再未进入站内，但院内的积水已漫到大腿处，他们又在左右两边院墙上打开4个洞，才将院内的水排出。此时，淤泥已从头到脚糊满了每个人的全身。水退去后，4亩大的院子，淤泥有30多厘米厚，全站值班人员用架子车清理近一个月。

日复一日年复一年，王礼孝走过的路有两个二万五千里长。北一供水站也连续11年荣获勘探局"先进班组"称号。

水电供水业务从无到有，从弱到强，以自建、租赁和承包运行等方式管理运行供水站29座，转水站3座，水源井221口，水源集输管线及供水管线549千米，建成覆盖陕、甘、宁三省七县一区的油田生产、生活供水系统。

如果团结求实拼搏奉献是水电精神之歌，那么这些供水人就是一个个欢快明亮奔放的音符。如果多采原油是供水人的旗帜，那么供水人的情怀是这旗帜牢固的基础。

抢修发电循环水管网

随着安塞油田的开发脚步不断加速，长庆水电在冯庄水电队的基础上成立安塞综合大队，成为服务保障安塞油田发展的主力军。

我的名字叫长庆

延安时期的三边专署，即后来的靖边县。当时，在三边专署的诗人李季就在张家畔附近的一所乡村小学教学，在同当地乡民的长期生活中，受到陕北民歌熏染，创作了反映新生活的陕北民歌长诗《王贵与李香香》，在当时的《解放日报》发表后，一鸣惊人，成为"五四"以来中国新民歌长诗的里程碑。而如今，只有一两间"羊肉馆"店铺的老镇子已不复存在。现代化的高楼，宽敞干净的柏油马路两边，是绿树红花及草坪，全然是花园式的城市景象。

我采访刘长庆时，他第一句话就说："我小学三年级以前是在老家汉中上的，那时候同班的小朋友都问我，为什么取这样一个怪怪的名字，我哭着要老妈给我换个好听的名字，她笑着说，长大了你就会明白的。"

果然，他来到宁夏大水坑，在长庆四小上学的第一天，班主任说，长庆这个名字起得好。在老师的讲解下，刘长庆才对这个名字有了初步理解。

初中毕业，父亲从井队上回来和他彻夜长谈，他才明白取名长庆的真正原因：1977年，他出生在大会战的帐篷里，当时父亲正在参加陇东大会战，就毫不犹豫地起名长庆，希望他长大为油田做出贡献。1997年，他接过老爸手中的接力棒，分配到靖边燃气发电厂，一干就是10多年。

靖边燃气发电厂一期项目装机容量为20000千瓦，于1999年投运，二期工程3年后上马。面对工艺流程复杂，再加上当时国内电力紧张，大小电厂纷纷上马，设备生产厂家供不应求，困难重重。刘长庆说："200名水电建设者手上起了泡不喊疼，汗流浃背不言苦，打赢了一个又一个硬仗。热锅炉设备基础体积大，混凝土量达420立方米，必须一次浇灌，不允许留有施工缝。施工人员克服水泥浇灌应力裂缝这一世界性难题，有效控制混凝土内外温度差，保证了浇灌一次成功，按期投运蒸汽联合循环发电厂，为靖边气田的开发和西气东输工程，提供了可靠的电力保障。"

夏日里的靖边热气灼人，持续半年多的干旱，使得黄土路上的浮土半尺，南来的干热风烤得地里的庄稼卷起了叶子，通往燃气发电站工地的路上，整天整夜沸腾着一条尘埃形成的黄龙。

汽轮机房基础桩基的施工是难度大的项目。靖边的沙土地质结构，钻孔工程易塌陷渗漏，桩身深度不易控制，浇注过程桩身完整性难以判断。167根桩每根长18.5米，施工中遇到的最大问题和困难就是钻孔塌方，一旦塌方就得移动位置或回填夯实，重新定位，但位置又不能离原桩位置太远，以保证承台的设计要求。他们采用黏土护壁，对钻孔设备进行改造，加大泥浆比例，缩短钻井灌注时间，降低塌陷概率。施工正值三伏天，施工人员吃住在现场，轮流跟班作业，经历一个多月的艰苦战斗，啃下了这块硬骨头。

破桩头是施工中的又一个棘手问题。高出基准线的桩头，其直径约0.8米，高度约1米，均为钢筋混凝土结构，已凝固成形。在这种情况下，项目组连夜调研了多个厂家，均没有找到解决的办法，眼看着天气越来越冷，施工工期越来越短，凝固周期越来越长，混凝土强度越来越大，人员焦急万分，这样下去不但不能完成地下基础全部完工的预期计划，而且会影响来年的整体工作部署。最终经过多方联系，找到了一支专业破桩头队伍，采用人工原始的破石法，破桩头速度快，质量好，满足了土建承台的施工要求。

靖边毛乌素沙漠，也是沙尘暴经常光顾的地方。那次沙尘暴来得突然，只见西北天空，一股黄色的沙浪铺天盖地而来，浪头足有百米之高，左右不见天地，其来势之猛，速度之快，让人避之不及。他们第一次遭遇沙尘暴，顿时手足无措。一眨眼的工夫沙尘已经将工地湮没，天地间顿时一片混沌，什么也看不见，像世界末日一样。人在大自然面前太渺小了，渺小得像一粒随风飘扬的黄沙。沙尘暴来得突然去得缓慢，不知过了多久，风速渐渐变缓，沙尘渐渐变弱。他们从机器底下挣脱出来，抖落满头满脸的沙土，像出土文物。

发电厂工程

这时有人来了一句革命乐观主义的幽默："狂风起兮沙飞扬，头戴铝盔走四方。"

余热锅炉房设备基础的施工也是难度较大的项目之一。设备基础体积大，混凝土量达420立方米，要求一次浇灌，不允许留有施工缝，难度可想而知，而成形后避免基础温度裂缝也是施工的关键要求。

这是世界性难题，在三峡工程中，大体积混凝土浇筑的温度应力裂纹，就是一个主要攻关课题。

混凝土凝固时，水泥水化热大量释放，而且较集中，内部温升较快，当混凝土内外温差较大时，会产生温度应力裂缝，影响结构安全和正常使用。余热锅炉设备基础施工期间，正值冬季，气温在零下10℃左右，设备基础内部凝固产生的大量热量和外部寒冷的气候形成鲜明对比，巨大无形的应力默默地潜伏在设备基础之内，随时都有爆发的可能。而一旦爆发，后果不堪设想，设备基础全部报废。

怎样避免锅炉基础出现温度裂缝且不留有施工缝？这给项目组人员提出了严峻的课题，他们查阅资料，走访用户，请教专家，进行多次调研，制订了一套详细、科学、合理的施工方案：采取混凝土中增加添加剂、膨胀剂，基础中预埋冷却水管线，温水搅拌等措施；浇注完后搭设保温棚、电钨灯/火炉加热、塑料布毛毯覆盖等措施，实现外增温内降温，有效控制混凝土内外温度差，使锅炉基础温度保证在25℃以内。

秋天从南飞雁的翅膀上飘落下来，落在毛乌素沙漠的沙柳上时，二期工程建成。长庆第一座建在苍茫大漠上的蒸汽联合循环发电厂，为靖边气田的腾飞又一次架起了金桥。大家欢呼雀跃，他们为此付出得太多。

刘长庆打开手机相册，翻着里面留存的老照片说："我喜欢把油田的变化和老爸分享，所以在手机里存了几百张这样的老旧照片。小时候，老爸常年在野外钻井，冬天才能见上面。慢慢地，我发现身边的同学都和我一样，聚少离多。工作后，老爸经常给我写信打电话，勉励我好好学习，学点真本事。现在每次休假，还要我把工作情况给汇报一番，每次谈到长庆油气产量不停地上台阶，他就像忘记了病痛，高兴得像个小孩一样。他总说，尽心工作，学好本事，咱得对得起'长庆'这个

瓦克夏机组

名字不是?"

我小心翼翼翻开手机相册,从黑白到彩色,许多的画面,许多的名字,已经印刻在史册里。

靖安盛开宝石花

靖安是一个地理概念(一个专属长庆人的概念),在志丹、靖边境内,地质名叫志靖三角洲。地图上找不到靖安这两个字,但这个名字永远镌刻在长庆人的脑海里。

靖安的山千篇一律,百转交集,宛若迷宫,如果不是一座座像宝石花般盛开在山巅的井站,你很难找到其他参照物将它把握。这里北纬37度,西北偏北;有四季分明的温带大陆型气候,有大面积的古河地貌和三角洲油藏,有猛烈切割黄土高原的滚滚洛河,还有百万吨油流的汹涌奔腾。

靖安的传奇始于艰难创业,蜚声于长庆的高速迅猛发展时期。进入新世纪,靖安油田再次成为股肱之柱。这里不仅是原油的富矿,更是文化的富矿。干打垒是靖安开发初期,艰苦环境和生活的写照,这里锤炼出"特别能战斗、特别能吃苦、特别能负重、特别能奉献、特别能创造"的靖安精神,树起石油人的精神支柱,刻画了石油人的风骨。

从新城、阎王边、巡检司、周河这些古朴的名字一路向东,便来到靖安之心——顺宁。长庆水电的顺宁水电大队就驻扎在这个地方，采访当年参加开发建设的水电人，他们讲述了下面这个故事：

靖安油区最高的郝坨梁山顶，需要架设一条靖杏110千伏线路。这项工程从天气最炎热的6月份一直干到大雪封山的12月底。施工人员住在从老乡处租来的土房子里，10多个木板床并在一起，形成一个大通铺。那些房子屋顶低，上床时只能坐在床上往里挪，个头高的人一不小心头就会蹭到屋顶，屋顶上的泥土唰唰地往下掉，床上用手一拍土腥味呛人。屋子四周是泥土墙，一动就哗哗流土，地上也是细沙土，烟头掉在地上被进出的人一踩，就钻进土里找不见了。吃喝洗漱用的水，是老乡用牲口驮上来的窖水。

当时领第一套工服时正好赶上大冬天，棉工服是蓝黑色粗布做的，穿上去又宽又大，臃肿得像个水桶。翻毛大头皮鞋又笨又重，同事们叫它"火车头"。尽管不好看，但是大家依旧高兴。因为在那个年代，只要保暖就不错了，更何况衣服还是棉布的，穿上舒服；工鞋还是皮子的，穿上结实。

食宿衣行如此，施工过程更艰苦。施工器具十分简单，除了几台绞磨外没有像样施工机械，而且所有的杆坑、拉线坑都是职工自己挖，山上的地锚、电杆、金具、导线也是人拉肩扛上去的，立杆、放线、紧线都是职工亲力亲为。他们每天往返的路程有二三十公里，吃完早饭准时出发，乘坐的是东风卡车，人和工具都"挤放"在车的"马槽"里。陕北的春夏秋冬都是干旱少雨的，往返的路上是二三十厘米的尘土，卡车一路颠簸过去，车斗两侧的黄土唰唰地往下掉，后面便形成几米高、上百米长的滚滚黄尘。这件事虽然过去几十年，但一直珍藏在施工者记忆深处，时时鞭策、激励水电人珍惜今天的幸福生活。

靖安110千伏变电所是陕北油田的高海拔变电所之一，这里风大沟深、山塬纵横、海拔1786米，一年到头的大风沙，刮得昏天暗地，到了冬日，如遇大风雪，路难行，吃粮吃水吃菜等基本生活都会遇到极大困难。当我们乘坐的汽车攀上塬坡时，只觉得山风强劲呼啸，土尘灰蒙。

"靖安变"已是一座具有数字化水平的现代变电所，保障着白于山区的电力供应。变电所的几个女配电工说，这里刚建成时，路上的虚土一下子漫过膝盖，给这里送的面粉掉入路边的虚土里，如同掉到海水里一样，难以找见。她们安静地坐在电脑屏前监控、操作，只有主控的电脑屏及电网运行图上的红、绿、黄标志闪烁，向山塬和油田电网输送电能。这些包含复杂电路的彩色流动图像，如人体的神经和血脉，在这主控室的电脑遥控中，按时按序地输送着各种指令，将电能送到油田的四面八方，让地下神秘的低渗透岩层发生物理或化学性变化，挤出人们渴望得到的原油和天然气，使这些沉积于地下岩石中的沉默矿藏，爆发为人类建设的光和热。

配电值班员每天必备的一项功课就是巡视变电所，从主变压器到电流、电压互感器，从SF6开关到隔离刀闸，再到电容、所变、防雷措施，一路上除了变压器发出的嗡嗡声，就是工鞋和地面摩擦发出的嘎吱嘎吱声，值班长说："平常白天伴着她的是哞哞驴叫，晚上除了寂寥的狗叫声，剩下的就是满天的星星。"而这样的巡检，每两个小时一次，构成配电工独特的生物钟。电压、有功功率、无功功率、电流，她们一笔一画地誊进生产报表，仿宋字工整清秀。

"布达拉宫"的郝坨梁，满山红遍的盘古梁，九曲回肠的五里湾，柳暗花明的虎狼峁，形成我国陆上最大的整装特低渗透油田。靖安油田的员工这样对我说："20多年，靖安从一个普通名词演变成一个专有名词；从一个抽象的空间演变成一个寓意丰富的地方。"

为适应长庆战略调整，水电人抢抓机遇，主动求变，跟进建成靖安油田供电供水网、靖边气田供电网，建成横跨三省1000多千米的油田通信专网，建立航机及柴油机发电站3座，具备发供电能力6300千瓦，供水能力800万立方米。为解决安塞和靖边油气田的供电问题，水电建成靖边天然气发电厂和3座燃气发电站，以及杏河110千伏变电所。筑起陇东和陕北两大主力电网，为油气并举提供可靠的电力保证。

离开高山之巅，我的心随着颠簸的越野车在山路上激荡颤动。一排排抽油机、一座座钻塔、一个个变电所，像一簇簇跳动的火焰，似一个个钢铁的巨人。白墙围着的变电所已隐没于

安装变压器

黄土烟尘之中，但我的心中还是浮现着那几位红工装的身影，我的耳边仍然是她们朴素而坚定的心声。

这是一种无私奉献精神，就是这种精神照亮了油田的灯。

腾笼换鸟　凤凰涅槃

——重组分离的艰难抉择

所谓"两只鸟论"，打个通俗的比喻，就是养好两只鸟：一个是腾笼换鸟，另一个是凤凰涅槃，这形象地说明转方式、调结构的重大意义和方向路径。在中石油重组分离这一紧迫又错综复杂的系统工程中，长庆水电统一思想确定纲领，壮士断腕万众一心，经历风雨的洗礼，在二次创业中重现彩虹，更加显眼光彩、猎猎生风，成功的因素是多方面的，一言以蔽之就是：腾笼换鸟，凤凰涅槃。

1998 年 7 月，《人民日报》上刊载的一则简短消息，对于中国石油人来说石破天惊：重组的中国石油天然气集团公司和中国石油化工集团公司正式宣告成立。一夜之间，石油人面临前所未有的一场生死抉择。

可是所有的这一切，对于当时的水电人来说，陌生而又遥远。他们不曾想到，一场影响命运的改革风暴，正以台风般的速度向鄂尔多斯盆地刮去！这场风暴的名字叫改革。长庆人惯称为重组分离（所谓重组分离，是将中石油原有的单位一分为二，将原来油田生产部门和管理部门中的优良资产和非优良资产彻底分开，上市公司是采油企业）。

发展才是硬道理

改革带来的一系列变化，给水电这样的存续企业发展，带来一系列严峻的挑战，如结构失衡、人员过多、社会负担沉重。非经营性资产比例过大，单位资产的营业收入低，资金短缺和企业亏损，成为制约发展的主要矛盾。

矛盾尖锐，无法回避。如何进一步走向市场，更好地适应和参与市场竞争，是水电图生存、求发展的一项紧迫任务。

消息一经传出，像一颗重磅炸弹，在油田引起轰动效应。在采访的日子里，无论是厂史介绍，还是翻阅的材料，或采访对象，大家的担心主要分为三个方面：担心油田的前途，担心业务的发展，担心自己的利益。那些激动的情绪如同火柴划燃，让干枯的草原，一夜间燃起熊熊烈火。

划归勘探局后，水电厂拥有8亿元资产，占全勘探局存续业资产1/7，供电线路2000多千米，配电变压器1800多台，水源井150多口，供水管线350千米，21个变电所，17个供水站，分布在油气田近九成的地域上。这是长庆水电的全部家底。

"发展才是硬道理。"这句话给了慕甲锋深深的触动。深夜，他一个人坐在办公室内沉思，不断琢磨着这句至理名言的精髓。这句话像一把火，把水电发展的道路点亮了。

为保证水电平稳，他和领导班子彻夜研究国家政策、集团公司部署、重组上市措施与长庆石油勘探局政策，制订切实可行的方案，用集体智慧解决了这一难题。

"水电今后的发展，再也没有什么救世主，没有什么灵丹妙药，任何形式的大锅饭、平均主义，只能是丢掉饭碗。只有完全依靠自己、艰苦创业、自力更生，才能打好翻身仗。"这是长庆水电写在新世纪的第一次工作会报告上的深刻认识。

从这些字里也能看出领导班子的苦衷和艰辛。他们是整个重组分离这场风暴中，带着水电人吃尽甘苦，从艰苦的谷底重新崛起的领头人，他们的信心，是干部职工不丧失信心不悲观失望、克服困难争取新胜利的动力源。

分开独立运营后，长庆水电面对的是老用户、新政策，原来的内部协作服务变为两个企业间的经营行为，原来以行政命令解决的问题变为由关联交易合同来解决，使水电面临全新的市场形势。

重组分离后，勘探局提出存续企业生存、发展的基本思路：坚持围绕油气主业发展的基本方针，贯彻"先活心脏，后养肌肤"原则；以市场为导向促进内部管理水平提高。

当时的十条有利条件，为部署水电工作把了脉、定了弦：

检修开关

"一对一"服务的市场定位，关联交易市场相对稳定。

拥有一批懂技术、会管理、业务强的专业技术人才，这是走向市场的人才基础。

资金运作状况比较正常，基本上能够保证生产经营和建设项目的需求。

技术、装备总体上具有较高水平，有一定的市场竞争能力。

设备管理水平比较高，水电网络的可靠性比较强，运行比较平稳。

有较强的水电安装施工作业能力和丰富的施工经验，能率先走出去开拓市场，这是战胜一切困难的根本保证。

长庆油田产能建设任务增加，提供了更大的供电、供水和工程建设市场空间。

国家实施的西部大开发战略，有更多的机会参与社会市场竞争，锻炼队伍，增强实力。

职工队伍稳定，30年培养了热爱水电、训练有素、作风过硬、素质较高的职工队伍。

长庆局内部重组改制的试点、厂内改革的摸索，为水电深化改革、重组改制提供学习经验。

但是面临的困难和挑战也异常严峻：

长期以来计划经济体制下积累深层次矛盾和问题，如思想观念、思维方式还不完全适应市场经济发展要求。

开拓社会市场和国际市场的意识和能力不强，人才缺乏。

企业抗风险能力低，产业结构、产品结构单一，结构不合理。机关、后勤人员富余，中层干部年龄结构不合理。

企业负担重。全厂在职职工1366人，而离退休职工、内部退养职工、"买而不断"职工达1173人。

基层单位分散，外部环境恶劣，管理难度大。未建立与市场经济体制相适应的选人用人机制、分配激励机制和监督约束机制。

科技攻关力度小，困扰发展的几大技术难题还没有根本解决。

改革、改制工作起步比较慢。

大中城市"窗口"设立、基地调整、住房分配、子女就业、生活福利等职工关心的问题，处理不好，会给改革、稳定带来不利影响。

认清形势，坚定信心，水电做足思想准备，促发足够的精神动力，这增强了对改革与发展的责任感、紧迫感和使命感。

事实证明，水电始终与油田保持高度一致，在重组问题上亦是如此。那时的水电，已不再是简简单单的一个企业，它是一个小型的社会，一应俱全的社会，不仅有水电业务，而且包括农场、学校。当时领导班子，没有自乱阵脚，而是制定了三大发展战略：

市场开发战略，是利用关联交易政策，牢固占领关联交易市场。发挥技术和人才优势，积极开拓社会市场。抓住一切商机，积极开展新的项目，利用西安高陵泾河工业园的优势，逐步形成具有水电特色的"拳头"产品和支柱产业。

质量效益战略，是牢固树立"用户至上"意识，提高"一对一"服务水平。注重水电安装施工质量，优质高效创建精品工程。挖掘潜力，增加收入，实现利润最大化。

科技人才战略，是不断提高技术装备水平，加大科技攻关力度，保证水电网络安全平稳运行。改革人事管理制度、劳动用工制度。及时发现人才、培养人才，大胆使用人才，做到各尽所能，人尽其才，不断为员工创造更多的机会。

这一系列措施，让水电摸索着走过艰难的过渡期，又一次燃起信心。

体制无疑是水电二次创业中面临的最大障碍，从旧的体制中脱胎换骨无疑是首要任务。30多年来水电的一切成本和收益，都在计划之类的大框框里，一切收益都是油田的。重组分离后，这一切已经成了过去时，内部体制改革成为重新起步的关键所在。

第一刀是深化企业改革，针对组织结构不合理、中层干部年龄偏大的实际，加快结构调整的步伐，整合重组机关科室及其附属单位。完善激励机制，费用投入注重向前线倾斜。机关职能得到转变，对基层单位、机关科室进行整合重组，调整交流干部。机关科室及附属单位由调整前的168人减为111人，干部队伍结构更趋合理。

第二刀是将市场开发列为"三大发展战略"的首位，牢牢占领关联交易市场，积极开拓社会市场，勇敢迈向国际市场，树立全员市场观念。在市场开发过程中，从购销连带、市场互换等8个方面做了艰苦细致的工作。深入地方电力部门了解供电区域、电价构成，为市场开发提供了更多信息。厂领导带头跑市场，到西气东输、西电东送工程、油田有关部门、地方电力部门找市场，协商合作。线路施工大队兵分三路，远赴新疆、青海，深入西安、银川等地寻找项目。在跑市场的过程中，既盯住大项目，又不放过小项目；既抱"西瓜"，又捡"芝麻"；既品尝了苦辣，又取得了市场开发的良好效果。

第三刀是坚定不移地压缩成本。按15％—20％压缩费用，搞好成本分解，切块包干使用，强化"三算"管理，逐级完善成本控制措施，量入为出，量财办事，摸着口袋花钱，不该花的钱坚决不花，能少花的钱必须少花，能不干的事坚决不干，把有限的资金花得有价值，用在刀刃上，走了条"紧日子、紧安排、紧中求活、紧中求发展"的路子。

这三刀的结果是，一改过去越来越庞大臃肿的状况。

那些年水电供电量，较分离前有了巨幅增长。2001年，水电在油田新区建设变电所和输配电线路，将电网覆盖到油田所有用电单位；2003年，首次给西气东输站供电，新建靖安110千伏变电所和靖边燃气发电厂，当年新增供电量360万千瓦·时；2005年，购发电量首次突破10亿千瓦·时。2007年，统筹"三项业务"发展，市场管理力度进一步加大。到2008年年底，购发电量达到12.9亿千瓦·时。成绩来之不易呀！

整顿队伍，精简机构，强化专业，这一项项举措，使水电如同一轮东方升起的新日，顿生朝气！

二次创业浪潮

在水电精简人员中，我了解到创业有成的姚顺友。他当了6年兵，有过硬的作风；当了两年工人、7年科员，有相当的技术；当了10多年的管理干部，有丰富的管理经验。他响应号召，2000年年底有偿解除劳动关系，那一年他50岁。

重组分离后，为达到减员增效的目的，企业同意富余人员从岗位上分离出来。有很多的职工纷纷提出解除劳动合同的申请，补偿后从单位撤出。人虽然走了，但是为了实现有偿解除劳动合同人员的稳定，企业尽可能最大限度地争取政策支持，在水电、住房、医疗方面恢复了他们与在岗职工同等的待遇。

刚刚内退后，无所事事的空虚、无聊，让姚顺友一阵一阵发慌。日子久了，心如猫抓。那时他抽10元一包的黑兰

紧张的立杆现场

州，一天一包，后来抽5元一包的精品海洋，一天两包，再后来抽2.5元一包的简装兰州，一天4包烟抽得牙齿酸黑、口舌发麻。思来想去，他想到要开辟一条属于自己的创业之路，实实在在地做些事情，做些有益于社会的事。他找到有偿解除劳动合同关系的3个好朋友，每人出资12万元，以入股的形式注册了公司。朋友的钱，都是小心翼翼从衣服的最深处掏出来的，都是颤抖着双手捧到他的面前，这是朋友们后半辈子的生活指望，带着体温，带着浓浓的期盼，还有沉沉的揪心。

公司注册好了，可是活在哪呢？姚顺友和几个朋友一起，跑大街、过小巷、串公司、跑现场，为了能揽上工程，每天从蒙蒙亮跑到天麻麻黑，一天接一天地跑，一家公司接一家公司地跑，跑得筋疲力尽。到吃饭的时间，他从包里面拿出早已准备好的几块锅盔，几根绿辣子，一个信封袋里面装着辣椒面以及咸盐，一口锅盔一口辣子，吃得满口香的样子。几个同伴也学着他，吃着吃着鼻腔一酸，泪珠子就砸在厚厚的锅盔上。那年8月，他才与甘肃的一家单位签下公司的第一份合同。拿着合同，他一口气跑到城外的马莲河畔，这时候太阳刚刚落下去，晚风习习，他把合同贴在心口上，双手掩面紧咬嘴唇，终究没有按捺得住哽咽之声。为了一份合同，他们从西安跑到咸阳，从平凉跑到西峰，从银川跑到吴中，行程数万里，跑了整整3个月，好话说了七八遍，皮鞋穿烂了三四双，人瘦了十几斤。合同到手了，总算有活干了。

可是这活谁来干呢？这时他又想到了有偿解除劳动合同关系的人。厂里有偿解除劳动合同关系的人有100来个，他心里装着一本账，谁是啥脾气、谁是啥技术，他都一清二楚。最后定了聘用标准，谁的手艺过硬选谁，谁的家庭困难选谁。有了这个标准，他很快确定了30多号人，带着这些昔日的兄弟，浩浩荡荡地赶赴华池县的施工现场。工程开始了，他没舍得花钱雇小工，在施工现场和另外一个董事一起运送管线。管线供应得七零八落，他们两个年过半百的人，把七八米长的管线一根一根地抬往施工现场。腊月天的风打着呼哨，沙粒贴着脸面，汗流下来，用袖子擦一擦继续抬，两个人整整干了7个小时，肩上磨掉一层皮，浑身发软。抽了一根烟，他又拖着疲惫的身体，踏上寻找工程的漫漫征程。他相信30多个兄弟的手艺和技术。

两年一晃而过，姚顺友辛辛苦苦中创立的瑞兴公司羽翼渐丰，可他过得并不安逸，眼巴巴地看着几十号人无事可干，他却心有余而力不足，自己的公司太小，安置不了这么多人，他总想把自己的公司做大做强，让那些人都有活干有饭吃。

在西安施工时，他与时任厂领导不期而遇。这个时候，他们也眉头紧锁，茶饭味淡，看到姚顺友，他们有了一个大胆的想法。谈话开门见山："厂里准备对双维公司进行改制，彻底改成私营企业，从根本上解决有偿解除劳动关系职工的就业问题，厂里请你来唱主角，如何?"

姚顺友的思维飞快地转着，双维公司不言而喻，就是维护弱势群体的利益，维护油田和社会来之不易的安定团结局面。撑起这面旗，操心不比现在少，挣钱不一定有现在多。眼前的老领导是用心良苦哇! 他点头应承下来了。事后，有人问他，怎么答应得那么痛快呢? 姚顺友最终想明白了，以他有偿解除劳动合同关系的身份，不用唱高调，不用说假话，可长久的工作感情帮他做出了选择。这些人虽然与厂里解除了劳动关系，但几十年建立起来的亲情友情解除不了!

他以董事长的身份，撑起了另外一面大旗——庆阳长庆双维水电工程有限公司。他像熟悉自己的眼睛一样，熟悉双维公司的40多个员工。他知道自己的员工拥有的是经验，缺的是理论知识的更新。公司运转后，他很快建立了一个资料室，资料室里面有许多书籍，他坐到资料室里埋头苦学，也常常带着员工去资料室里学习。

再苦再累，他每天早早起床，穿梭于熟悉和陌生的客户之间，联系着一项又一项工程，奔波于一个现场与另一个现场之间，检查工程的进度和质量。又一个春节来临，远在西安工作的女儿回庆阳过团圆年，可团圆年并不团圆，她的父亲还在外面奔波，女儿挽着母亲的手伫立在阳台上，望着通往厂外的路，幽幽地说:"妈，我爸真的太忙了!"

这盎然春意般升腾的二次创业浪潮，形成了风暴。这浪涛

主变检修

壮丽而雄伟，让公司从最初的40个人发展到后来的90个人，公司的业务范围越来越广：土建维修、建筑安装、机械加工、电气设备检修。公司的市场越来越大，陕西、甘肃、宁夏、湖北，油田内外，公司的效益越来越好。

高原红玫瑰

都有儿女情长，都有思乡的渴望，虽然守护的是荒原，传递的却是希望；

都有火红的青春，都有花一样年华，虽然为伴的是铁塔，迎来的却是荣光。

白云伴我巡线，星空伴我守岗，让千里油田欢唱，让万家灯火辉煌；

我是高原配电工，铁塔放飞我的理想，银线放飞我的希望。

这是以配电工李馥为原型创作的歌曲《高原配电工》歌词。2001年，李馥被评为二次创业"十大标兵"、劳动模范。

1998年8月，李馥第一次来到石油会战主战场——安塞油田，来到偏僻荒凉的塞外小站——靖南变电所。变电所位于靖边县与志丹县交界处的一座山梁上，周围山连山，沟套沟，前不靠村，后不着店，距当地最近的小村庄也有七八里路。这座

35千伏变电所规模虽不算大，却担负着为整个靖南作业区和周边各前指单位的生产、生活供电重任，在长庆电网中占有举足轻重的地位。

初到安塞，周围重峦叠嶂、沟壑纵横的地理环境，使李馥着急得有些心发慌，背地里偷偷地哭过好几回。就在她感到前途一片迷茫时，许多老师傅的帮助使她的思想逐步转变，她暗暗下定决心：一定要在靖南变电所安心扎根。她开始加紧学习、认真实践，将大学学习的技术理论与生产实际紧密结合，不断地充实和提高自己。在平时工作中，她虚心向老师傅请教。遇到问题时，她总是提醒自己冷静思考，留神观察，做到不慌不乱，胸有成竹。通过不懈努力，她提高了理论水平和实践操作能力，逐步成长为百问不倒的"配电通"。全所职工以她为榜样，学习电力安全规程和关联交易政策，遵守各项规章制度，使得变电所一跃成为厂里的明星站。

夏季的一个夜晚，变电所上空突然电闪雷鸣，狂风大作。李馥凭着多年的经验，预感肯定要发生险情，便匆匆赶到值班室。深夜2时，随着一声炸雷，配电所一片漆黑，由于雷电冲击，出线跳闸。当强行送电时，却发现合闸线圈被烧坏。要想将电送出去，必须到户外进行刀闸操作。但外面雨越下越大，雨天操作是操作规程所不允许的。为了缩短停电时间，雨后能尽快送电，不给原油生产造成损失，李馥就冒雨站在户外等待雨停的那一刻。20多分钟后，在大雨暂停的间隙，她冲进升压站，快速合上了旁母刀闸。电送出去了，抽油机转起来了，可此时的她被雨淋得浑身湿透，冷得瑟瑟发抖，病了好几天。

长期的工作压力、高度的精神紧张，使李馥患上了严重的官能症、肠胃功能紊乱，更为严重的是妇科疾病，医院多次建议她尽快住院治疗，否则会发生更严重的病变。然而，变电所人员少，倒班人员排不开，她坚持带病上班达3年之久。

每次回家，母亲看到李馥面色焦黄，形体消瘦，总会心疼地流着泪说："人家孩子上了大学后，从基层调到机关工作，而你上了大学，反而调到边远山区去了。"

逢年过节，丈夫便拎着大包小包从几百公里外的庆阳赶来探望妻子，他说："咱家三口分居三处，谁也照顾不了谁，这苦日子啥时候是个头。"

女儿几个月见不到妈妈，就急得直哭。女儿说："妈妈在深山里上班，那里有狼吗？我想妈妈！"每次从电话里听到女儿稚嫩的声音，李馥的心都要碎了。

数十年如一日驻守，李馥带领姐妹勤学苦练，敬业爱岗，为靖安油田奉献着自己的青春。

水电厂的700多名配电工，常年驻守山大沟深、荒无人烟的变电所、供水站、发电站，他们都是水电精神的实践者。

点燃希望之火

1995年，一脸稚气的张军林毕业后，分配到水电劳动服务公司原钢丝厂。

张军林钻研技术，一年后被任命为预制厂副厂长兼技术员，负责日常生产和质量管理。为了尽快掌握混凝土及电杆生产知识，他在甘肃省建筑工程学院参加培训，对《混凝土基础知识》《混凝土制品构件制造工艺》等进行全面研读，在施工现场向老师傅请教，多次到甘肃庄浪、陇县等地方电杆厂参观学习。

那时正是生产的黄金季节，短电杆用量急剧增加，在当时的模具下，无法生产特短型电杆，张军林经过精心试验，大胆创新，在模具中自行制作隔离板、三抓和涨拉头，用长模具生产同型号的短电杆，使6米、9米的模具同时制造出等径电杆。他经过多次试验，终于研制出固定螺栓和定位内钢圈，解决了电杆弧线下垂不均、横担高低不平、横担固定螺丝难穿的问题。经过一系列的技术革新，提高了申杆质量，产品出厂合格率达100%，产品达到G级标准。

在担任预制厂厂长时，厂里人心涣散，士气低落。张军林与职工谈心、分析形势，增强大家摆脱困境的信心，建立广播站，提高职工队伍的凝聚力和向心力。他查找亏损原因，针对

电线厂生产钢芯铝绞

制度不健全、内部管理松散、成本居高不下等问题，动手编写
《预制厂管理制度汇编》，对每个岗位、每个工种都建立岗位职
责。制定电杆生产程序文件、电杆生产手册等严密的产品标
准、工艺标准、质量检验标准及试验标准，建立健全各种资料
记录。

　　实行内部改革，进行定员、定岗、定责，加强劳动管理，
核定工作量，提高劳动生产率。在分配制度上打破工资、工种
界限，实行计件工资制，形成了多劳多得、节约成本的管理机
制，激发了职工的劳动热情。

　　把市场开发作为预制厂发展的生命线，开拓外部市场。把
工作目标层层细化分解到每一个岗位、每一个人，落实到每一

天、每一项具体的工作上，使每位管理者和生产岗位的操作者，都能尽心尽力地做好每一件事情。在市场开发上，推行"独创"的举措，有一条重要的规定，就是市场丢失追究制，这项制度像一条无形的鞭子悬在每一位管理人员的头顶，没有市场，就没有一切。

压力有了，办法也就有了。市场开发人员就是磨破嘴、跑烂鞋，也要千方百计拿下市场。

在销售过程中，张军林跑遍千山万水，施尽千方百计，说尽千言万语，历尽千辛万苦。去电力局推销电杆，找到负责人，他的话还没有说完，对方就说，我现在很忙，你先等一会儿。两小时后，终于等到一个机会，他说明来意，对方不耐烦地说，又是搞推销，下午再说吧！下午一上班，他径直找到负责人，又一次介绍产品和服务质量，提出送货到现场的优厚条件，最后才签订合同，一次性销售电杆100根。为了和其他厂竞争宁夏区块市场，在招投标前，他5次深入盘古梁、青铜峡进行详细的排查摸底，做到知彼知己，确立最具竞争力的报价，一举中标，销售电杆193根。

通过艰苦的努力，预制厂的营销质量和营销效果发生质的飞跃，实现电杆销售额337万元，不仅利润翻一番，而且产品畅销油田内外，在多种经营系统树起一面旗帜，点燃了职工的希望之火。

二次创业，激起水电人坚强的斗志，开拓更大的市场，也让水电铁军在新世纪的航程中，真正起航。水电历经由二次创业到持续快速发展的转变，实施三个层面接替发展战略、市场开发战略、科技人才战略、管理提升战略，开展"求生存、图发展、闯市场、增效益"活动，扩大水电发展规模，巩固水电发展基础。

30年来，水电经历计划经济时代的洗礼，也经受市场竞争大潮的考验，截至2007年年底，累计完成供电量37亿千瓦·时。

30年水电正青春，还要走更远的路。

井站星罗棋布

星光不负赶路人

——电力发展黄金时代

2008年，是一个灾难之年，也是一个梦想之年。

说它是灾难之年，是这一年的第一场雪来得疯狂，从南到北席卷大半个中国，时令是春节前后，忙碌一整年的人们，卸下身上沉重的担子，背上行囊，在《常回家看看》的乐曲声中，踏上返乡的路途。但谁也没想到，连续20多天的大雪造成交通中断，电力中断，通信中断，几亿人上演了一场人在囧途的旅程。这场百年不遇的雪灾是人们没有想到的，人们更没想到的是，5月12号，在一个春夏之交无风无火的日子里，突然间地动山摇，短短一个瞬间，大地移位河流改道，汶川县城夷为平地。

说它是梦想之年，是8月8日，全中国人、全世界人民为北京奥运而狂欢。而北京奥运会的圣火天然气，就来自遥远的长庆气田。这背后，有一群默默支撑着油气供应的水电铁军。当看到蓝色的火焰，看到这个奇迹的出现，他们开心地笑，笑得不能自已，笑着笑着便开始哭。为了这个蓝色精灵，为了保卫它，为了给它供电，水电人踏破铁鞋走遍青山。

查阅重组整合文件（长油字93号）得知，2月26日起，按照"一个领导班子、一套机关机构、一体化管理、分开核算、两本账运行"原则，长庆油田分公司和长庆石油勘探局进行重组整合，对上市和未上市业务实行统一管理。

油田公司重组整合后，长庆水电迎来电力发展黄金时代！从30名员工和两台东方红小型发电机组的小水电队，发展成为拥有7.5亿元资产、用工总量2000余人的专业化水电生产服务单位，水电生产经营实现跨越式发展，发供电量每年以1亿千瓦·时增量攀升，创历史最好水平。

鄂尔多斯盆地被确立为中国重要的油气资源战略接替区，勘探局低效油气储量合作开发步伐不断加快，油田年均新增原油产量160万吨、天然气产量24亿立方米以上。一场新时期的油气大会战，在鄂尔多斯盆地千里油区展开，水电站在新的历史起点上。

2月21日，长庆水电厂荣获全国用户满意服务明星单位，厂长童建平被授予全国用户满意服务明星称号。

4月26日，长庆水电厂荣获甘肃省五一劳动奖状。

4月30日，长庆水电厂荣获全国五一劳动奖状。

星光不负赶路人，时光不负有心人。

油田生产建设的水电需求是最高命令，优质服务油田发展建设就是最高使命。水电发挥运行主力军作用，科学组织生

线路维护保畅通

产，加强运行管理，强化责任落实，不断提高水电服务保障能力，发供电量连连攀升，2009年突破14亿千瓦·时，创造历史最好水平。这一切无疑与时任厂长童建平和党委书记于军的科学组织管理、水电员工攻坚克难的能力以及与用户单位的协作共赢，密不可分。

"创新是企业稳定发展的灵魂，不创新就没有发展的动力，我们要在创新中求发展，求稳定，求生存。"童建平和于军如是说，也如是做。水电紧密围绕"发展、转变、和谐"三件大事及"上得去、稳得住、管得好"的总体要求，坚持"推进发展方式转变、巩固安全发展基础、完善和谐稳定机制、提升服务保障能力"的工作主线，履行服务保障油气田生产建设的崇高使命，服务保障能力持续提升。

他们把为油气田生产提供优质可靠的水电服务，作为奋斗目标，加快推进水电优质服务长效机制建设，每年带队开展用户质量回访，征求油气生产单位意见建议，协商建立缺陷反馈联动机制，服务满意度都在96%以上，受到用户单位的好评。

长庆水电的四大战略，推进思路创新，引领企业快速发展。以提升水电服务保障能力和水平为目标，制订《水电厂服务保障油气田生产工作方案》，明确服务保障油气田生产工作指导思想、产业定位、基本原则和保障措施，打造"保障有力、服务一流"的专业化生产单位，打造具有"攻坚啃硬、拼搏进取"精神的员工队伍，打造公司满意、员工自豪的服务团队，更好地服务油田生产建设。

长庆水电的四个理念，推进经营创新，构筑企业发展基石。树立向提高服务质量要效益的理念。把为油气生产、为用户提供良好的水电服务作为奋斗目标，推进优质服务长效机制建设，推进用户满意工程建设活动，全方位建立目标考核、责任追究体系，促进服务质量提高，满足油气田建设需要。

长庆水电的四个建设，推进党建创新，增强企业发展凝聚力。真心实意为员工办实事办好事，尊重员工主人翁地位，维护员工合法权益，员工收入进一步提高，群众性文体活动丰富多彩，生产生活条件不断改善。

青春做证

在陕西、宁夏交界的西部辽阔地域，一枚透亮的火炬如黄色旗帜缓慢飘扬，它时而拖曳拉长，时而凝然不动。在这枚石油火焰下面，是一座座储油罐和排列有序的电网，高原上的银线，在灼热阳光下发出炫目的银光，在四周都是巉岩与山峁的黄土地，犹如一道道耀眼的星光，在高原的深处绽放。

定边的采访，给我的心灵、情感带来强烈的震撼。他们把全部的青春奉献在这里——这里的每滴油，都饱含他们的情，他们的爱，他们的汗水。

定边是当年李季笔下"一眼望不尽的老黄沙"，如今却成了万千灯火的长庆油气田一角，这真是做梦也想象不到的神话。这是长庆伸向"三边"（靖边、安边、定边）西南部的山丘地区，曾聚集当地乡民商民进行食粮、盐巴及一些生活日常用品交换，素有"旱码头"之称。自西魏起设郡县，北宋著名政治家、诗人范仲淹赐名"定边"，取底"定边疆"之意。

这里是黄河文明和草原文明、黄土文化和游牧文化的接合处，尽管境内石油资源丰富，但勘探开发的难度相当大，有人曾经把这里形象地比喻为"美丽而不温柔的姑娘"，美丽是说当时已经探明的将近亿吨级的广阔前景，犹如出水芙蓉，含羞带娇，亭亭玉立；不温柔是说该区域地质条件异常恶劣，为勘探开发设置了重重障碍。长庆人以攻坚啃硬、拼搏进取的精神，在经过了艰难的"五下六上"勘探历程后，终于找到石油。

在同一年，长庆水电跟进油气田快速发展形势，按照"油气田发展到哪里，水电就供应到哪里"的思路，完善陇东、陕北两大骨干电网，于2005年建成投运西掌塬35千伏变电所；2007年接手官岔变、陈高庄简易变；2009年移交运行刘岔塬35千伏变电所；2009年11月投运姬塬110千伏变电所。

从西伯利亚来的风暴掠过蒙古大戈壁，掠过毛乌素沙漠，已经刮了好几天。狂风挟裹着黄尘如潮水淹没了陕北高原，然而当狂风到了这里，步态开始缓慢。它们要驻留安家，沉淀形成土层。土层又聚拢变厚，于是从黄土一层层纵横起伏的脉络剖面中，静静无声裸露着一匹匹巨大黄褐野兽，渺渺茫茫，涌向天边，最后汇成一片片黝黑斑驳阴影，定边县的冯地坑就隐藏在这片黝黑阴影中，它看起来小而又小，像一根狗尾巴草在一片劫后的苍茫中隐约浮现。

姬塬油田进入快速发展阶段后，定边水电大队成立了。

"那时真是苦哇！"采访当时参加成立启动仪式的员工，他们异口同声地说。

"刚来的时候，锅、碗、瓢、盆，油、盐、酱、醋，都是自己买的。"

"刚来的时候，被子、褥子、围裙、桌裙都是自己购的。"

"这还不够？这哪够呢！"

那水窖里刚刚提上的热水，仅仅冒几丝白烟就变成了硬邦邦的冰碴；那房檐四周挂满了密密麻麻的冰凌，阳光一照，如同冰瀑一样；再看看零下一二十摄氏度下抢险的外线工人，因为不停奔走了一夜，厚厚的两条棉工服裤腿，像穿了厚厚的大盔甲。

12月底，14名新分到定边水电大队的大学生，顺着前一拨人走过的同一条路，从庆阳一路到环县，过了耿湾，就进入陕北地界，十几个刚从象牙塔里走出来、正畅想美好未来的大学生，心儿随着皮卡车的颠簸开始忐忑起来。

庆阳虽然不比西安是大都市，但也有八百里平川不换的董志塬，环县虽然不比庆阳的平原，但也是当年红军长征途经的革命圣地。到了陕北地界，沙砾拍打着车窗，这弯弯曲曲、坑坑洼洼的山路，就是以后他们要走的路吗？

心里沉沉的大学生陆陆续续下车，一张张稚气未脱的脸上带着好奇，三五成堆地小声交谈着。这是什么环境啊！偶尔有丛枯干蒿沾在崖畔上，看上去如一块块褐色暗疮和癣瘕，而村子里几棵低矮的枯树，也在狂风中挣扎，好像随时都有被拔起的危险。住的是什么环境啊！一座农家小院，一排铁皮房，土炕上支起的木板床，从那个院子里面走一圈，都会觉得鼻孔、嘴巴、眼睛，到处充满微小颗粒状的黄色悬浮物。为了让这些来自不同学校的大学生早点进入新岗位，适应新角色，食堂为新工人准备了会餐，干部员工参加了座谈会。

雷鸣般的掌声持久不息，刚刚收拾好的大学生一进入会议室，就被眼前的景象惊呆了，十几个穿着整齐的干部员工齐刷刷地站成两排，清一色的红工装，清一色的笑容灿烂，清一色的使出浑身的力气鼓掌。大学生刚刚来到这个大队，就受到如此高的礼遇，感到了干部员工发自内心的真诚，心里一下子热乎了。

离春节越来越近，到处呈现喜气洋洋的气氛。大地又迎来了一场冬雪，瑞雪兆丰年，皑皑白雪，潇潇洒洒，预示着新的一年丰收景象。可谁曾想到，受西伯利亚强烈冷空气的影响，"白雪公主"突然露出狰狞的面目，一场罕见的冰冻雨雪天气在陕北油区耀武扬威！

险情就是命令，外线人员准备应急抢险材料、工具和车辆，冒着大雪，向陈高庄5号线跋涉。而第一次参加抢险的外线工，既兴奋又害怕。次日3时，抢险队员通过现场检查，判断为大雪导致一级门型杆折断。由于大雪还在继续，外线工在申请停电后，拉开断路器，解除引下线，将故障线路进行隔离，恢复了陈高庄5号线沿线绝大部分井区的供电。

苍穹凝滞，大地冰封。抢险人员安全帽上的头灯射出的一道道灯光刺破夜空。外线工分到的第一个任务是挖杆坑，数九寒天，由于地面冻得严重，洋镐挖下去，地面上留下的只是一个白色的冻土星子，但困难没有把他们吓倒，那时正是清晨5点多，气温零下20摄氏度，手脚已经冻僵了。他们轮流撑着干，在黎明时分凿开6个方方正正的杆坑来。冰天雪地要爬上12米高的电杆，本身就是一件万难的事情，而运来的电杆上结了厚厚的冰，要在这样的杆子上干活，难度可想而知，外线班长用喷灯一步一步烤化电杆上的积雪，历经艰辛才登上电杆。当他接好线下杆时，安全帽和雨衣上都凝结了一层厚厚的冰，脸和手都被冻得通红僵硬。

抽油机又一次上下转动，电动机发出轰隆隆的声音，大家捏着手里的雪水，终于长长地松了一口气。享受喜悦时，抢险的山谷间，一只翱翔的鹰于山间迅疾地冲刺，优雅地盘旋，那有力的振翅，那闲适的滑翔，看得劳累了整整12个小时的队员们神往着迷。是呀，抢险队员们就有着鹰的意志和品格，他们展现的也是鹰击长空、万类霜天竞自由的雄姿。

3月初的春检任务，春检突击队乘春风而动，奔赴姬塬油田，让变电所和千里银线的主战场一片欢腾。

口号声、脚步声、车轮声，汇成一片惊天动地，这支穿着红工装的队伍比起正规的军队显得少了些神气，但他们的步子一样坚定有力，一样铁流滚滚。这不是导演的电影，这是春检时发生在陕北高原上的真实场景。仅凭这一幕，就可以拍出"大长庆"建设中精彩感人的一集。历史的真实常常比艺术的真实更具魅力。

检修是一项单调乏味的工作，陕北山大沟深、地势险要、环境复杂。最大高差约600米，最陡峭地段坡度超过70度，因为线路多架设在人迹罕至的险要地段，夏季植被茂盛、杂草丛生，冬季冰雪覆盖、阴冷潮湿。队员上山峁、下沟壑，平均每天都是两个多小时的步行、3个小时的杆上作业、5公斤以上的工具包、22公里的线路、50多公里的山路，一个春检下来，春检队员在保障线路的道路上能走出上万公里。

检修途中，酷暑、风雨、饥渴，这些困难对他们来说，不过是家常便饭。有时碰到突如其来的降温，加上伴随的大

电气设备检修

风，让本来就不暖和的陕北再次回到冬日的严寒。检修陈高庄1号线时，有20多公里的线路在王盘上周边大山之上，检修队员进行30分钟"急行军"，45度的陡峭山坡、800多米长的崎岖山路，终于在汗水和坚持下被抛在身后，汗水和黄土，将队员的脸绘成神情各异的秦腔脸谱。顾不上休息，酣战已经开始，登杆、验电、拆除扎线、换瓷瓶、紧螺丝，有条不紊。

"困了乏了，就疾跑一段；在安静的山里，吼几声，唱一段，提提神。只要把眼光放在线路上，目标定在下一段，枯燥和疲劳就烟消云散。"这就是检修队员从工作中寻找到快乐的方法。

检修不仅需要过人的体能和专业的技术，更需要一种拼搏进取和无私奉献精神，这些来自五湖四海、为保障油气上产而凝聚到一起的外线工，每天都重复从冻得缩成一团到脱下毛衣，从风吹得脸疼到走得脚趾疼，从本来还算干净的工装到被黄土和铝导线染得斑驳不堪。

中秋节的这一天，外线班刚刚抢险完回到驻地，一下车大伙儿全慌了：房顶上的彩篷布被风卷跑了好几米远，工具还来不及从车上卸下来，十几个人手忙脚乱去逮住帐篷，可就是敌不过狂风。

那时的居住地，是向老乡租借的一院子平房，哪知由于房子的质量问题，一到下雨天，房顶上唰唰往下漏雨，地面咕咚咚往上冒水，一时间让没见过这种场面的新员工慌了神。看到遮雨的彩篷布被风吹得东倒西歪，队员们不言声了，憋足劲，说啥也要把"家"安住！十几人也不知哪儿添来的猛虎下山之力。

"一二三！拉！一二三！拉——"狂风中，彩篷布终于被盖到房顶上。

这个时候没来得及吃饭的抢修队员，才发现已经是深夜，才想起来给家里发条短信送上节日的问候。

整整两年，他们以队为家，在农家小院里安营扎寨，打下姬塬油田的市场，而那些艰苦的经历经过时间的沙漏过滤后，变成支撑着他们开拓创新、勇往直前的信念与力量。

2009 年 11 月，定边水电大队成立两周年，这一天大队基地落成，油田电网首座数字化变电所投运，这也是重组整合以来建设的第一座 110 千伏变电所。也是在这一天，大队基地的广场上，彩旗飘扬，鲜花簇拥，干群欢聚在一起，庆祝大队成立两周年暨倒班点落成。

姬塬 110 千伏变电所位于定边山区南部，姬塬油田腹地，走进变电所，院子里的龙爪槐挂着翠绿，树下的绿草散发着诱人的生命色，靠墙边一溜儿生机勃勃的小花竟相绽放，变电所的"姊妹花"将电能源源不断地输送到姬塬油田各个站所，将光明播撒在广袤的陕北高原。

在餐厅的显眼处，挂着一把红木吉他，这是配电工戚学娇过生日时父母送的礼物，清脆的琴声里装着油二代在山上的所有青春岁月。"父亲上班时，站里没有电视，没有空调。现在，变电所里网络、数字电视、淋浴器、空调一应俱全。"戚学娇嘴角上扬，"其实，变电所里也有好些'热闹'。"

在变电所，吃饭是几个姐妹关心的一件大事，一天累得腰酸背痛，自然要上几个"硬菜"，一到饭点，锅碗瓢盆响起来，择菜的择菜，拾掇餐桌的拾掇餐桌，烧汤的烧汤，一曲锅碗瓢盆交响曲奏响了。赵师傅的绝活是摊煎饼，她摊的煎饼黄而不焦，白而不生，薄而不烂，卷上土豆丝、凉拌红萝卜，味道鲜美，上桌后总是风卷残云，姑娘们总爱缠着她摊煎饼，虽然没轮到做饭，赵师傅也是乐此不疲，有求必应。还有煮稀饭的高手，小米、红豆儿、糁子各一撮儿，文火慢炖，伴以小菜，清香可口，既有营养，还不长肉，是姑娘们的最爱。秦师傅是毛遂自荐做饭的人，她擅长的是面食，揪片子、麻食子、拉条子、炒的、烩的、油泼的，想吃啥做啥。她的理由很充分："人是铁，饭是钢，一顿不吃饿得慌，面才是饭中王。"这些都是大伙七嘴八舌的"热闹"。

要说做饭，也是个手艺活。没有金刚钻，谁敢揽这份瓷器活，变电所建好不久，大家到了饭点，目光便落在秦师傅的身上。平时，她的确喜欢在锅灶上抓几把，切个萝卜丝、拍个黄瓜、炒个柿子摔蛋、揪个面片，但那些仅仅是搭个手，真的要唱主角，那可不一样，蒸馍要多少面，拉条子加多少水，每顿切几颗葱头几颗西红柿，这些她全不知道。这不是逼着老虎吃天吗？望着大伙期待的眼神，她也摇头了，越摇越欢实。

没人做饭，大伙儿只有吃方便面，每人捧一桶方便面，餐厅里一片吸溜声，满楼道都飘着方便面的味道。天天方便面，吃得人人打嗝都是方便面的味道。所长急得嘴唇上爬满火泡，秦师傅拿来一面镜子，看肤色和方便面一个色儿，看头发也成了方便面弯弯曲曲的形状。她打算向所长请战去了。

秦师傅鼓励自己：谁也不是从娘肚子里爬出来就是做饭的料。咱不会，咱学嘛！再不好也比方便面强，怕啥？不怕！

第二天，秦师傅5点就进了厨房，她想好了：熬一锅金灿灿的小米粥，拌一盘萝卜丝，剁一碟青辣椒，蒸一锅大白馍，不要说把大家镇住，但换口味的目的要达到。拌菜倒是不难，三锤两棒子就搞定了。熬小米粥也不是难事，水滚下米，加一勺碱面，文火慢熬。最头疼的就是蒸馍，先是把面和软了，加面又和硬了，加水又软了。软软硬硬间，半袋子面粉躺在案板上，糊得脸上是面，头发上是面，衣服上也是面。总算软硬合适了，她把吃奶的劲儿都使在揉面上。上笼用抹布压严锅缝，就等着馍熟出锅。火在锅底腾腾腾，水在锅里腾腾腾，心在肚子里腾腾腾。她想把锅盖揭开瞅一眼，却是不成，蒸馍最怕的就是"跑气"。时间到了，在大家的欢呼声中，锅盖揭开了，她搭眼一看，脸就煞白了，只见满锅的黄蛋蛋（碱重了）。她神情沮丧地说："我把馍蒸日塌了。"

大伙却不理她的茬儿，大声吆喝："开饭喽！"大伙自己动手，有的人蒸馍夹辣子，有的人蒸馍夹萝卜丝，一个个狼吞虎咽，边吃边说："香！真香！"吃罢饭，有人朝她竖起大拇指，有人冲她喊谢谢，然后欢天喜天地收拾起厨房。她一时纳闷：莫非模样丑陋的馍味道真不错？她急忙拿起一个馍，一口咬去，不好吃，再咬一口，还是不好吃。她明白了，善良的姐妹们之所以喊香，更多的是出于鼓励。放下馍，她打电话请教母亲，电话那边说，蒸馍多少面加多少碱，那是定数儿，不能想当然。从那以后，她每做一顿饭，都要总结成败得失，好的发扬，不好的改正。

她做的饭菜越来越像回事，可以说是色香味意形俱佳，花样也是越来越多：包子、饺子、米饭、炒面、油泼面、臊子面。大伙最爱吃的还是蒸馍，因为她蒸的馍白如雪，软如绵，筋如肉，麦香扑鼻。

等她们哈哈的笑声散进深夜，我终于知道，比起城里人，属于山里面配电工的热闹，平凡又单调。

她们坚守在长庆油田最高处，奉献在黄土高原最厚处。变电所的3任所长，带领着配电工，滋养出供电量的连年攀升，管理水平的持续提高，3次荣获劳动模范称号。

第一任所长杨红娟，以高度的责任心承担起变电所工作量最重的投运工作。她在长达40多天的时间里，没有想家的时间，没有梳妆打扮的时间，在自己的记录本上面密密麻麻地写满了电工基础知识、一、二次接线图，设备原理等专业理论知识，保证变电所顺利投运；投运后，她每年在变电所巡检的小路上，巡检累计行程几万公里，供电5亿千瓦·时，变电所大小设备她都如数家珍。

劳模的责任传承，犹如一场接力赛。第二任所长冯亚妮，几乎每天都重复着前一天的工作，巡检、填表、监控、核算，乐此不疲。一年她们接受调度命令128次，执行工作票16份，填写操作票128张，操作步骤近千次，无一差错。每一天都是平凡的一天，平凡的每天因为她的梦想而变得不同。

作为新生代的所长戚学娇，接过前两任劳模所长手中的责

调试变压器

任火炬，扎根一线，团结奋战，从名不见经传的普通员工，到油田公司、厂级劳动模范，站在事业巅峰。透过历年来供电量柱状图，可以清晰地看到供电量强劲快速增长，那一连串数字的背后，洒满了配电工以高度责任心脚踏实地、追求卓越的辛勤汗水。

十年时间，荣誉接踵而至，长庆第一座数字化变电所从无人知晓变得远近闻名。

每个人都有自己的平凡之路，轰轰烈烈或平平淡淡，每一条平凡的路上，都有不平凡的人生故事，是责任，是传承，于平凡，见非凡。

责任是火，增添柴薪，就能照明前进的路途；责任是花，经过孕育，就能结出诱人的果实。

"在油田的成绩单上，我们虽然微不足道，但还要继续迎着风雨，迎着朝阳，奋力绽放！"几个人的话像潺潺溪流。清亮，不计付出与所得；绵长，有滴水穿石的力量。

岁月无痕，青春做证。

从陕北回到西安后，当看到一幢幢高楼和立交桥，看到繁华的街道和潮水般涌动的车水马龙时，我更强烈地怀念高原上的那些外线工、配电工，和大山之上的那些"磕头机"。

每当静静地聆听《为了谁》这首经典歌曲，心中总是百感交集，思绪万千。我看到千里战线上，水电铁军困难时焦灼失神的眼睛，在欢庆时喜悦舒畅的心情，从山区到平原，从戈壁到沙漠，无一不感动时代的脉搏，满腔热血唱出青春无悔！

1到100的飞跃

从1座到105座，长庆电网建成13座110千伏变电所，92座35千伏变电所，最大供电能力达77.8万千瓦。

长庆电网第一座变电所，成立于1972年，在发电站的基础上，庆阳35千伏变电所建成投运，占据陇东油区生产生活用电的枢纽位置。

1974年，贺旗至庆阳输电线路建成投运，使贺旗电厂、庆阳电站实现联网运行，随后的几年内，以贺旗电厂为中心的发供电半径逐年扩大，先后建成北一变、中一变、炼厂变、南一变、悦乐变、悦22区变等35千伏变电所，供电区域逐步由马岭扩展到华池区域。

20世纪80年代，贺旗110千伏变电所输变电工程建成投运，结束水电靠柴油机分散发电的历史，走上自发电补充、外引电为主的发展阶段。90年代，随着地方电力网的发展，陇东地区的核心变电所西峰330千伏变电所建成后，及时投运马岭110千伏变电所，这是油田引进微机保护技术，由水电施工队伍完成的第一座110千伏变电所。

随着华池区块原油产量的不断增加，仅靠几座35千伏变电所无法满足正常的电力需求。为保证华池区块生产生活用电，1997年新建华池110千伏变电所，标志着马华区块的电网结构基本形成。

马岭、华池两座110千伏变电所并驾齐驱，逐步带动周边油区的电网建设。此后，水电在华池区块又先后建成南梁变、梁西变、乔河变等3座35千伏变电所，油区用电需求有了长效保障。

历史是一面镜子，真实地记录和再现艰辛的过去，又展现开创之路、希望之光。就像厂史馆前的雕塑，以写意的陇原地貌为背景，由山体褶皱形成光芒。人物群雕形象地展示几代水电人历尽艰辛、扎根荒原、保油供电的壮举。有人拉电杆上马岭的铿锵脚步，有话务员日夜守护电话的感人身影，有外线工风雨无阻、抢修线路的坚毅身躯，有配电工甘守孤寂、任劳任怨的豪迈英姿，有供水人员勤勉尽责、忠于职守的动人脚步，有科技人员攻坚克难、一丝不苟的奋斗足迹。

长庆逐步将勘探方向转移至西峰区块，周庄、巴山等35千伏变电所相继建成投运，缓解西峰与镇北区域的供电紧张局面。2010年，长庆在环江油区部署大量产能建设，水电在环江地区新建四合塬35千伏变电所，满足油田开发初期的用电需求，随着产能部署的不断推进，环江地区的电网结构也逐年得到建设和完善。陇东油区供配电网络实现从自发电到外引电的转变。到2010年年底，油田电网在陇东地区共有马岭、华池

变电所建设

110千伏枢纽变电所2座，35千伏变电所17座。

在这之后的10年里，以第一座数字化变电所姬塬110千伏变电所建成投运、油坊庄110千伏变电所建成为标志，油田电网在数字化变电所的建设中，步伐迅速而坚决。一时间，长庆第100座变电所——天字变，以及王昌寺变、环北变、镇北变等110千伏枢纽变电所横空出世，数十座35千伏变电所扎根油气田新区，强大的水电网络展示出护航油气大发展的新格局。

50年弹指而过，沧海桑田；50年斗转星移，春华秋实。

水电人熔铸力量，积聚能量，以遒劲的双手，输送电力之光，走向更远的远方！

一家三代水电情

改革开放40年，全国人均住房面积由3.6平方米，发展到现在的40平方米。石油人从干打垒到筒子楼，再到如今的小高层，也经历着一番巨变。

刘淼说他们家几代人，住过柳条泥巴房、筒了楼。那时候最热闹的是做饭时，不宽的楼道里，锅碗瓢盆热闹异常，吃饭要围在一张书桌旁。后来单位分了套一室二厅的楼房，这让他高兴过很长时间，做饭不再烟熏火燎，吃饭也能坐下来细嚼慢咽。10年前又搬到有着千年古都之称的西安，从小区大门进去，顺着林荫路朝北走去，感觉走进了一个小花园。一栋栋楼房纵横有序，一排排树木茂密旺盛，一片片花草争奇斗艳。这放在以前，是他做梦都想不到的事。

"我家的三代人，分别站在不同的年代坐标上。三代人的工作和生活缩影，能折射出油田的发展历程。"刘淼的家庭，亲历了长庆发展的漫长时光。

刘淼的父亲刘全申和李蔚荣一样，是无私奉献的第一代水电人，从玉门油田抽调来到庆阳，为了油田的发展，用人力将一根一根沉重的电杆，按时架设在陇东沉寂多年的山山峁峁上，完成一次又一次的发供电、供水任务。

那时刘淼一家四口人来到庆阳，租住在庆阳县十字街老乡家的一间平房里，门前搭一个棚子，盖起了土灶做饭，吃的是按规定比例搭配的粗、细粮，每月每人半斤肉、二两油。

毕业后，刘淼响应党的号召就近上山下乡。水电厂应届毕业的10多名同学分配到庆阳县莲池公社药王洞知青点插队。学种地、除草、担粪、施肥、收割，每天要干七八个小时农活，还要轮流烧火做饭，每月发11元生活费。没想到，下乡仅锻炼几个月，油田就开始招工，"我有幸回到水电厂，当上了一名锅炉运行工。"刘淼说。

当时正是水电厂蒸汽锅炉发电一、二期大量发电高峰期，四个运行班三班倒，人员少工作量大，十分辛苦，但虽苦犹荣，因为刘淼和父亲一样有了稳定的工作。而且，那时的工作生活条件和环境有了改善。锅炉房里风吹不着雨淋不上，上下班有规定时间，伙食也得到改善。

父亲因病去世后，刘淼的小妹刘琴顶岗上班，成为水电配电运行工。后来，侄女刘俊燕也到水电工作，她们上班在窗明几净的操作间，住宿在干净整洁、设施齐全、宽敞舒适的公寓。收入一年比一年提高，生产生活条件不断改善。

"平凡的琐事，零碎的记忆，家庭是油田的一个小细胞，通过我家的生活情况，真实地折射水电发展的历程。"刘淼边介绍边指着桌上的全家福说。

点亮油田那盏灯

石油人，从祁连山起步，挥师大漠，踏荒漠戈壁，越沼泽咸滩，铸就了一支有铁人精神的石油大军。顺着水电人任何一条血脉，都可以进入军旅，宛如在秋天里抚摸一粒饱满的种子，可以获得昂扬向上的历程。

一

2008年年初，50年来罕见的低温、雨雪冰冻天气肆掠我国大部分地区，位于甘肃的陇东、陕西的陕北也出现严重的冰雪灾害。长庆水电保障电力供应的同时，参与当地政府的抢险抗灾工作，帮助受灾群众排忧解难，用实际行动谱写企地联合、抗灾救灾、构建和谐的壮歌。

2007年12月26日开始，油区出现持续雪凝灾害天气，凛冽的寒风夹着冻雨袭击而来，电杆、电线被雪凝紧紧地包裹着，越来越厚的凝冻让许多电力设施不堪重负，断杆、断线数量不断加大，电网受到严重损失。雪凝灾害共造成电网断杆、倒杆40余处120多基，覆冰断线100多处2100多公里，直接经济损失500多万元。

灾情发生后，运行单位深入一线，边保电边抢险，对受损线路进行抢修。600名干部职工进入抗冰抢险第一线，对电网实施抢险修复。

随着雪凝灾害天气的持续，多处地势较高的电力设施存在边修复边断线的情况，地处陕北油区的冯庄变4号线3级杆塔倾斜，抢修人员进行了4次修复，才恢复供电。南梁油区主动脉华南35千伏线路因覆冰造成断线，38名精兵强将组成的突击队，立即启动风雪电力设施抢险预案，一场与时间赛跑的抢修工作迅速拉开，抢险突击队员面对零下20摄氏度的严寒，团结一致，共抗风雪，无一人临阵退缩，在寒风中连续奋战一天一夜，使线路成功送电，油区恢复正常生产。

在抗击冰雪的战役中，职工把保障石油能源安全作为最高命令，出动车辆750台次，清除电线冰凌、杆塔积雪2000余公里，为长庆油气生产保驾护航。

陇东地区地方主供线路覆盖范围较广，遭受严重的冰雪袭击，水电履行社会责任，为灾区群众排忧解难，与当地人民群众同心协力抗击冰雪，恢复地方电网。庆阳市桐川乡发生重大电力故障后，16 名职工带上验电器、接地线、令克棒、绝缘器材和应急灯等工具器材，背上脚扣、喷灯等应急材料，在零下20 摄氏度的风雪环境中，步行 30 多公里赶赴故障现场，抢修作业，北风夹着雪花把他们的脸颊都冻成了紫色，可抢修工作丝毫没受影响。当地村民见他们如此敬业，不仅自发来帮忙抬杆、拉线、挖坑，还买来方便面、提来开水，让抢修人员在现场吃了口晚餐。18 时 45 分，断杆、断线终于修复，村里迎来一片光明。

陕北地区电网遭受暴风雪袭击，延安供电局、榆林供电局相继限电，部分企业用电告急，当地居民用不上电，在这紧急关头，水电把保证地方正常生产生活秩序作为履行社会责任的重中之重。寒冷的天气也致使油区用电量急剧上升，陕北油区生产供电频频告急，靖边燃气发电厂开启 3 台机组，杏河电站、坪桥电站所有机组发电，比原计划多发电 489 万千瓦·时。同时开启 4 座柴油发电站全部投入应急发电，20 天累计发电 87 万千瓦·时。发电岗位多半是女员工，她们精心操作，细致观察机组运行变化，随时报告运行状况，同时忍受着机组发电时产生的巨大轰鸣声，一个班下来，机器轰叫的声音在脑袋里久久不能消去。

跨沟放线

二

那是自1945年延安市有气象记录以来，过程最长、强度最大、灾害最重的一次集中降水过程。安塞油田多地发生山体滑坡、塌方、道路冲毁、基础下陷。

在严重的自然灾害面前，水电干部员工咬紧牙关，不悲不怨，不等不靠，全力开展生产自救："洪水退了，消缺除患的斗志不能退，防洪防汛这根弦不能松，我们要再打一次全员攻坚战。"

如果说应急抢险是一场人与洪魔短兵相接的阵地战，那么生产自救、隐患整改则是一场持久战。在接下来的近20天内，百名干部员工泥巴裹腿、汗水湿襟，展开一场"隐患整改、生产自救"攻坚战。第一时间彻底消除隐患，绝不影响到油田的供电，成为响彻安塞油区千里银线的最强音。

7月19日，在冯庄2号线16号杆的改线现场，王刚带领小组率先展开电杆坑开挖等工作。雨后天气闷热，初晴的阳光也分外毒辣，队员挥汗如雨，浑身的衣服裹在身上，不断地凝结出新的盐渍。9名队员放线、拉线、紧线；安装耐张横担、引线横担、避雷器横担，每一项工作都不轻松。他们双脚踏在两寸见方的脚扣上，一站就是几小时，轮流加班加点完成杆上作业。

7月27日，在高里圪台19号水源井的抢修现场，坪桥抢修队伍正奋战在运输电杆的路上，多日的暴雨冲刷下来的黄土已将原有河道变成河堤，河道被挤压到另一侧。由于作业区域受限，吊车无法作业。为了让水源井能早一点投入生产，外线班班长史小勇带着队员，或用手抬，或用肩扛，一刻也没有停下向前的脚步。他们来不及拭去身上的泥，一步一步向上拖行重达400多公斤的电杆。肩膀肿了，手磨破了，脚起泡了，汗水蒙住了眼睛，但是没有一个人喊累，没有一个人叫苦，他们深知必须赶在最短的时间内将电杆运达作业现场，确保当天之内恢复供电。

一线岗位员工连续数日风餐露宿，不分昼夜，克服现场重重困难，几乎每天都处于不眠不休、一顿饭的状态；大班人员扑在隐患整改现场，机关人员担负起重点线路、路边、沟边山坡侧杆基的巡视工作；两级领导干部奔走在各个生产单元和抗洪抢险第一线，奔走在每个重大隐患整改现场的最前沿。

救灾，把大家的心拴到一起，凝聚成一股无坚不摧的强大合力。

一个又一个漆黑的夜晚，在应急照明灯下抢修；一场又一场暴雨，冒着风雨前行。在多地发生山体滑坡塌方、窑洞坍塌的情况下，经受汛情严峻考验的，不仅是那一基基杆塔，更是那些在雨中奔波忙碌、积极生产自救的水电人！

三

百年不遇的灾难，导致姬塬线路杆基塌陷，护坡被大水冲毁，线路设备出现故障。

闪电雷鸣像军令。厂领导带着精兵强将奋战抗洪抢险、保油供电第一线。他们现场协调，随时处理可能发生的问题，伫立在风雨里，行走在泥泞中，鏖战在供电保油第一线，只为给用户提供安全、平稳、可靠的电力保障。

连续一周的强降雨，导致公路垮塌、山体泥石流灾害，电力设施遭受损坏，多处电杆倾斜、杆基塌陷、护坡冲毁。西掌塬5号线山体大面积塌方，相邻杆塔不同程度倾斜，随时有倒杆、断线的危险。

面对险情，厂领导组织技术人员对此次工作进行全面勘察，决定对此处进行改线，针对现场工程量安排施工人员及工器具，制订切实可行的施工抢修方案。由于山高路远，道路积水，车辆无法通行，抢修工作异常艰难，但抢险人员依然无惧，冲锋在前，滑倒再站起来，雨水浸透衣衫，泥巴粘连着工鞋，都浑然不觉，全神贯注地开展抢修工作。

每天深夜0时许，会议室人头攒动，大家商议着故障排查抢险方案。清晨，各小组备好干粮，第一时间奔赴抢险第一线，为的是尽早处理灾情，及早为用户抢修恢复供电。面对抢修困难，他们背着材料、器具徒步前行；没有饭吃的地方，他们就在现场啃着方便面就着凉水，吃完接着干；工作结束，拖着满是泥巴的身躯，踏上回程。"虽然很累，但看见一个个井场点亮光明，一台台抽油机欢快地起舞，心里是满足的。"检修人员说。

责任是品质，更是一种能力；信念是方向，更是一种力量。风雨过后，阳光普照在姬塬大地上，千里油区灯火通明。

架设线路

新时代新长征
——水电跨越式发展访谈

泾河清，渭河浑，泾河和渭河交汇之后，清与浊之间界限分明，泾渭分明的成语由此诞生。这两条同时穿越秦陇两省的姊妹河，以博大滋养着美丽富饶的秦陇大地，更孕育缔造了中华文明的第一缕曙光。

古老的西安城北在泾渭两河夹击中形成一条窄长的高地，昔日麦穗摇曳，五谷飘香，而今高楼林立，车水马龙。这里是泾河开发区，它之所以枝繁叶茂，欣欣向荣，得益于两家单位的强势入驻：陕西汽车制造总公司和长庆油田诸多部门。长庆如一个巨人，屹立在西安城北的经济开发区，成为开发区又一领航者，长庆水电就是这些企业中的一个。

一代人有一代人的使命，一代人有一代人的长征。在采访中，我踏遍长庆水电的每个领域和角落。这里的人精神昂扬，这是一个有理想的地方。有理想的地方，就是精神的天堂！

商鞅立木

"一部艰难创业史，几代英雄水电人。"厂长赵新智接受采访，回顾长庆水电十几年走过艰难创业路时说。

从发展历程看，长庆水电的发展经历4个发展阶段，实现从小规模到大规模的发展，从传统人工管理到智能管理的发展，从朴素的情感管理到今日文化自觉管理的发展，走过一条充满坎坷和荆棘，但光明辉煌的历史之路。

从民生的变化看，员工过去几个人孤独驻站，现在实现集约化，生产生活水平已有很大的改善和提高，从贺旗到庆城一路走到西安，走过一条从乡村到小城市，最后到大城市的道路。

从收获的荣誉看，获得全国五一劳动奖状、中国改革开放40年企业文化成果最高奖，证明水电人不但是勇敢者，更是智慧者。

站在电网图前，地图上的线路图以及走向分布，一览无余地展示在面前。赵新智介绍长庆水电的基本情况时，俨然像一个运筹帷幄、决胜千里的将军，"水电厂地域宽广，基层单位彼此距离拉得开，到基层的大队巡视一遍，即便马不停蹄，也得半个月的时间。上千的职工队伍，散在陕甘宁省区。因此要'一切严格起来，一切落实下去'，靠有效的执行力来管厂!"

严格什么呢?

赵新智说,就是严格一切规章制度,制定一套严密有序的组织管理程序,生产安全制度、员工培训制度、考核评定制度以及奖励机制,用制度管人管事,以对事业尽职尽责的态度、对工作一丝不苟的作风、对生产严肃严明的纪律,来保障各项制度和措施循序推进。

落实什么呢?

赵新智解释,再好的制度,不抓落实,就是一纸空文,就是一张废纸,落实二字体现在不折不扣、一丝不苟的贯彻上。有制度必须执行,有规定必须落实,凡事较真才有用,现代企业管理靠的是制度管理,不靠你声音有多大,嗓门有多高。他强调,在制度面前人人平等,领导干部尤其要带头,这是抓好落实的关键。只有领导以身作则,带领职工正确执行各项制度,制度才能显出威力和作用。

"在企业管理与安全管理上,讲的是规章制度,讲的是执行力。"赵新智换了一下语气说,"两者的概念是一致的,目标也是一致的,都是督促人前进,奋勇向前。"

他的这些话铿锵有力,能在地上砸个坑。我仿佛听到楼下竹子拔节的声音。那一簇簇茁壮翠绿的竹子,在初春的阳光下绿绿葱葱,充满生命的张力。

我在基层单位采访时发现,水电管理中有一系列提纲挈领的提法，它们不单是口号，不是喊一喊便罢，而是每个基层组织领导和员工的行动目标和纲领，起到提振精神的作用，它们简单易记，像进军的号角，时刻激励员工向前冲锋。

赵新智不止一次提到商鞅立木的故事：

商鞅立木是战国时期发生在秦国国都的事。当时商鞅变法推出新法令，怕民众不信任，放了一根木头在城墙南门，贴出告示说：如有人将这根木头搬到北门就赏十金。民众都不敢相信。直到将赏金提升至五十金时，才有一位壮士将木头搬到北门，商鞅如约赏金五十。此举取得了民众对商鞅的信任，终于促成商鞅公布变法的法令。这也称商鞅立信。以商鞅变法的契机，进行等级观念的变革和奖励制度的推进，以建功立业的军功奖励机制，最终使得秦国扫灭六国而统一中国，建立起中国历史上第一个封建王朝：秦朝。

这个故事就出自他的出生地咸阳周陵，古代的大秦古都。在参加工作后，繁忙的时间里，他总要挤出时间学习，最终获得博士学位。

说到近年来水电服务保障时，赵新智说："我们在建设专而精、优而强、被认可、受尊重的专业化生产服务保障征程上，迈出坚实步伐。骨架电网不断完善，供电量突破历史峰值达44亿千瓦·时，供电可靠率达99.98%，各类停电对原油产量的影响同比下降46%。主要供电服务指标明显优于国家电网公司标准。"骄人的数字，见证水电的发展成就。

无人机巡视设备

科技的杠杆不能丢，科技是第一生产力。油田电网智能化建设是一场革命，从某种程度上讲是一种脱胎换骨的技术革新。说起数字化电网给员工带来的管理便捷，以及生活方式的本质改变，赵新智舒心地笑着说："电网数字化管理最适合水电状况、特点，保证操作的便捷和管理的高效。"来到数字化调控中心，他指着一排排电脑和墙上的大屏幕说，想要了解基层单位的工作情况，只要来到这里点点鼠标，就可以一目了然。

赵新智身上既有作风硬朗的武者之风，又有文质彬彬的文者之气。他自称油田电网的卫士和守护者，在工作岗位上不敢有一日松懈。最后，谈到人生理想，他说："我的世界就是企业的安全与生产。"这是一种纯粹的工作态度，这种恒定的精神追求，已经深深地根植于他的生命血脉，也深深地埋藏在每个水电人的心中。

行路致远

"石油是神奇的东西，是世界上最珍贵的宝藏，但往往埋藏在最荒凉的地方。"水电厂党委书记祁凤鸾说。

初涉石油行业，石油一线的荒凉让祁凤鸾震撼过、沮丧过，也让他感动过。茫茫的天空茫茫的地，茫茫的秃山茫茫的岭，茫茫的雪野茫茫的风。四顾茫然的地方，往往就是石油人的家。感动他的是前辈难能可贵的奉献精神，在油田一线从事不同的工作，面对各种困难，也有自己的喜怒哀乐。但他们走过了一条同样的历练之路，所付出的代价和牺牲几乎是相同的。他们是有妻儿却不能与之长相厮守的丈夫和父亲，是不能在父母膝前尽孝的儿子，是天大的困难也不怕、把最美好的青春年华乃至生命献给石油的普通工人。他们在平平常常的岗位上付出自己全部的爱，留下说不完的故事，"我常常在想，这些在平凡的岗位上树立起丰碑的人，如果没有为祖国石油事业献身的精神，谁愿意拿自己宝贵的青春去做奉献呢？"

对于勇敢的开拓者、创业者，榜样是一种鞭策、召唤。祁凤鸾在前辈对待苦与乐、得与失中，受到启迪，懂得了平凡的肩上有着不平凡的使命。从此，他用同样的行动回答了一道道人生的课题，"哪里有石油哪里就是我的家"成为他挂在嘴边并付诸行动的誓言。

"思想的解放是做好一切工作的前提。水电有专业性、独有性和唯一性，思想解放程度或多或少有着一定的间隙。"祁凤鸾第一时间了解一线员工的生活状况，摸清水电独特的工作特征，工作思路随之而出。改善一线员工的生产生活条件，像号角一样吹响；发展成果惠及员工，像重锤一样敲在他的胸腔。

"水电所有的工作都可以概括为精细两个字，实际上就是走向科学的严密和高度，这是一种艺术的创造，和文学作品的创作异曲同工。"祁凤鸾用形象的例子说明这个道理。齿轮的原理，就是紧密相扣。缺失或松动，都意味着停止。齿轮再多都是为了指针的准确。每一个科室就好像整个电脑程序编程中的必然环节，都有着紧密的联系。创新是为了让齿轮更精确，形象地说就是：让过去的钟表变成多功能的手表，以前用黄牛拉犁的时代过去了，现在已经变成联合播种机，而收割碾打一条龙，就形成了一种工业流程。

祁凤鸾充满感情地说："水电职工队伍平均年龄很小，朝气蓬勃，充满活力，这个队伍又很特殊，都是在水电行业。赵厂长和领导班子都特别关心他们的成长，提倡人性化管理，把关爱人、关心人作为工作重点。我经常想的问题是，怎样多做一些温暖人心的工作，让员工的幸福指数再高一些。"

翻开长庆水电厚厚的民生账本，一项项惠民实事掷地有声，员工沐浴着发展带来的实惠，幸福指数水涨船高，有内涵有温度的民生承诺实实在在落在员工的心坎上。

集中改造生产集控点和员工生活保障点，基层员工食堂推行自助就餐新模式，站所实现自动化操作人电物理隔离新方式。员工归属感安全感与日俱增，幸福指数成倍增长。

"把发展成果惠及员工，努力提升职工队伍的凝聚力和战斗力，让每个员工心中有一块燃烧的炭，眼中不要有一滴泪

电力春检

花。"他的从容淡定里透出一种力量，轻声细语里闪着思想的火花。

科技利剑

长庆电网两万千米线路、百余座变电所遍布大山深沟和戈壁荒滩。长期以来，线路维护、故障排查需要大量人员到现场才能完成。

数字化催生劳动组织构架大变革，水电建造一组架构、完善一个平台、建设一张网络、建立一个监督模式，为电网打造"新引擎"。如今已建成11个集控站、26座枢纽变电所，实现

105座变电所网上管控，减少用工146人。

一组构架，让变电所告别传统驻站值守模式，值班人员从偏远站所回撤到集控站，从日复一日重复操作中解放出来。建成"1+1+1"电网生产组织构架，即"厂数字化调控中心、大队集控站、枢纽变电所"生产指挥大脑，让两万多套开关、刀闸、设备的操作数据，全部"打包"输入计算机，集控站值班人员只要移动鼠标就可以完成操作，成为"白领"。

以单条线路停电时间为例，应用配电线路故障定位系统和配网平台，使故障从"站、线、段、点"实现快速查找隔离。单条配电线路故障停电时间比往年缩短3小时，影响原油产量降低23%。

一个数字化自动化调控平台，让一线员工曾经的奢望变成现实。长庆电力数字化经历前期准备试点、全面规模建设、整合优化提升三个阶段，一场脱胎换骨的管理变革在万里电网以燎原之势展开。

陇东、志靖安、宁定吴三大电网内部"手拉手"供电，实现电网灵活调整、故障快速处置和电网自我修复。建成集成、高速、双向的通信主干网络，畅通全网自动化、可视化、智能化通道，构建起数据采集和监控系统的开放性自动化可视化管理平台，实现对站所及配网设备的遥测、遥信、遥控、遥调和遥视，劳动效率成倍提高。

基层集控站

一个可视化智能化供电网络，让管理人员可以实时看到整个电网的生产情况，细到每个变压器的油温、每条线路的情况，全部一目了然。

安装布置在各站所的623个高清摄像头，像哨兵一样构建成交互联动的视频监控网络，对主要设备电器巡视和定时巡查，达到数字化替人管、可视化替人监的效果。如电缆沟状态监测与通风、集水井液位监测与自动排水、加热除潮装置远程投退等，全部实现智能化管理，解决无人值班站所照明、通风、排水、除潮和加热等问题。

一个覆盖全网安全监督模式，解决了过去生产现场安全监督的老大难问题。

建立"区域集控站视频巡查、调控中心视频监视、QHSE网络监督站视频监督"模式，实现全天候、全过程、全覆盖对生产现场即时监督和全程监控，一旦发生违章现象，通过三个监督网马上能够看得见、喊得住、叫得停，让安全监督"扫描仪"直达班组和变电所"神经元"。

智能电网"四个一"模式，让生产管理高效快捷，员工安全全面受控，电网运行效率大幅提升。完善数字化、提升可视化、立足自动化、倾力智能化，推动长庆电网形成调控一体、自动操作、本质安全的智能化管理模式，保障油田提质增效高质量发展。

OPPC、OPGW电力特种光缆在输电线路上应用

咱们工人有力量

有一首歌唱起来让人热血沸腾："咱们工人有力量！嘿！咱们工人有力量！每天每日工作忙，嘿！每天每日工作忙，盖成了高楼大厦，修起了铁路煤矿，改变世界变呀变了样！嘿！发动了机器轰隆隆响，举起了铁锤响叮当。"《咱们工人有力量》的豪迈旋律，从新中国成立前夕一直到今天，大家依然耳熟能详。

2020年的春天注定不同寻常。新冠肺炎疫情蔓延，短短几天，从武汉到全国形成一个旷日持久、鼓声震天的大战场。千余名干部员工坚守在不同岗位，传递团结的力量，守护油田电力大动脉，守护着油田的万家灯火。

在现代生产生活中，人们无法想象离开电的日子会是怎样的。作为24小时不间断的油田生产建设电力保障单位，摆在水电人面前火烧眉毛的第一任务就是：疫情防控不放松，电力保障不停步！

水电人全面动员、层层部署，以战时状态，把疫情防控、电力保障工作落细落实，做出"防疫生产两不误"的庄严承诺。

干部员工握指成拳，团结一心，迅速启动公共卫生突发事件一级应急响应。拉紧防护网，站好防疫哨，打响联动战，坚守陕甘宁百余座变电站和两万公里供电线路，保障油田生产供电。

油田电网利用数字化、自动化、信息化智能方法，加强变电所、供配电线路运行参数检查监控，通过集控巡检、视频巡视、智能设备管控、辅控系统在线手段对安全生产情况进行全面跟踪，研判负荷变化，分析运行情况，保障疫情期间电网设备安全。与地方政府、村委会加强沟通，积极办理临时通行证，确保生产物资及时到达现场，保障油田生产建设。

战"疫"关键期，近千条输电线路电力十足，安全可靠供电4.1亿千瓦·时，这背后是干部员工坚守一线岗位的奉献。

在大家被迫禁足在家时，员工谭宏仓每天微信运动一万多步数又一次领跑朋友圈，他作为社区志愿者，半个月坚持在泾渭苑社区的抗疫一线，与街道、社区工作人员一同为独居老人送温暖，为小区出入人员做登记，挨家挨户进行人员摸排，用行动为疫情防控贡献力量。

初春的寒潮挡不住温暖的心，同事得知谭宏仓的事迹后纷纷点赞，可他说："既然不能返岗上班，那就做些实实在在、力所能及的事情。"

因为他们介于一线人员和二线人员之间，所以有志愿者说，他们是抗疫的一点五线。工作间隙，谭宏昌拍下几张照片，发在微信朋友圈里，配上文字："没有一个冬天不可逾

站所巡视

越，没有一个春天不会来临！"图片里是美丽的泾渭苑小区，是他坚守的"一点五线"。

2月19日，《新闻联播》里播发了这样一则报道："承担着向北京、天津等40多个大中城市供气任务的长庆油田，数万名员工关键时刻顶得住，放弃休假坚守岗位，克服重重困难，保证着生产的平稳运行。"这场突如其来的疫情，打乱了员工轮休假期，积极复工复产的背后，水电特别保障队与属地政府提前做好对接工作，开具复工证明，分批组织员工乘坐通勤车统一返岗，200余名返岗员工从生产到生活场点，"两点一线"将疫情风险降到最低。

抗疫线上的逆行者，还有水电互助志愿者小分队，他们为困难家庭购置防疫口罩、消毒酒精、米面油、牛奶、蔬菜等防疫、生活用品，对困难家庭进行慰问帮扶，为"一老一少"家庭送去关爱。在疫情防控电力阻击战中，党员守初心冲锋在前，担使命共克时艰，在承诺书写下一个个签名，按下一个个指印。

宣传人员情之所系发诸笔端，加强舆论引导，以文字、视频、图片为武器吹响了号角，展示特殊时期的责任和担当。员工通过影像艺术创作，讲述水电的故事，记录战"疫"点滴。曾经耗时一年半创作《清明上河图》的剪纸艺术家李瑛，以独特的剪纸作品《点赞"逆行者"》，展示钟南山等勇士逆行而上、救死扶伤的道义。王昌寺变电所员工录制朗读视频《战

"疫"有你》，文采华丽，声情并茂："逆行者的身影，是这个春天最美的风景。"

是的，一滴水不是那么起眼，但千万颗水滴团结起来，就有滴水穿石的力量！

水电人坚守岗位的微光，蕴含温暖与力量。这些微小力量的聚集，叩响了胜利之门。

坚守岗位

匠心筑梦
——百炼方成器的信仰

　　工匠精神是这个时代的声音，讲求的是对工作精益求精、精雕细琢，对工作敬畏执着、追求完美，更是人生的态度和坚定信仰，工匠精神在任何一个领域、战线都是需要精心呵护成长的图腾。

　　梳理不同时期劳模发展脉络，贯穿其中的主线是"爱岗敬业、艰苦奋斗、勇于创新、甘于奉献"的劳模精神和"精益求精、严谨细致、耐心专注、坚守敬业"的工匠精神。这些平凡的人物虽然奋斗在不同的岗位，但他们以共同的信念构筑起供电保油的水电梦，奋战在黄土高原、大漠戈壁、山峁沟壑，把无限忠诚镌刻在鄂尔多斯盆地，以实际行动奏响时代主旋律。

　　水电在推动油田电网智能化、加快工业化与信息化深度融合、助力企业管理升级进程中，打造工匠成长摇篮，畅通工匠成才渠道，使优秀人才脱颖而出，一大批人才树立匠人志、修炼匠人心、付诸匠人行，把精益求精的工匠精神代代相传。

　　培育水电铁人，引领水电铁军。选树一批服务保障我国第

精细检修

一大油气田电网的人才，健全典型选树的量化体系，打造先进成长摇篮，使优秀人才脱颖而出，把先进变成样板，把样板变成普遍，形成聚是一团火、散是满天星的格局。

完善竞赛机制，好马不是相出来的，而是赛出来的，把竞赛与生产建设、技能培训、考核鉴定、技术交流等紧密结合，采用行业对标模式，组织举办各类技能竞赛活动，为想跑者铺设"跑道"。推进职业技能竞赛，组织举办变电站值班员、变电检修、配电线路工、兼职教师职业技能竞赛，竞赛工种涉及厂三大主体工种，岗位技能骨干凭借竞赛活动脱颖而出，19名工匠获得厂级"优秀技术状元""技能标兵""技术能手"称号。

完善发掘机制，把广袤的水电战线，作为工匠涌现和成长的肥沃土壤，面向生产供电主战场，面向一线岗位主阵地，面向创新创造主平台，打造知识型、技术型、创新型人才，把政治过硬、业务领先、业绩突出、群众公认作为评选的侧重点，打造工匠品牌。

完善选优机制，优秀管理干部评选突出担当精神、处理复杂问题的能力；优秀技术干部评选突出破解生产技术难题、提升电网运行管理的能力；优秀员工的评选突出岗位履职尽责、落实安全生产的能力。

完善激励机制，培养先进典型的出发点和落脚点，在于"一花引来百花开"，水电完善激励机制，采用物质奖励和精神鼓励的原则，达到让典型亮起来、形象树起来的目标。物质奖励，突出优秀员工价值体现和薪酬待遇，刺激全员工作积极性，建立完备的奖励机制，激励更多的优秀员工到重要岗位上去。精神鼓励，通过工匠、先进走基层、做表率、典型示范，举办巾帼十佳、先进女工巡回报告、劳模先进座谈会，慰问劳模先进，编撰水电群英谱，展示水电先进典型事迹，把创造一流业绩的员工名字刻在水电发展史上，使之成为引领发展的形象窗口。

完善宣传机制，树立"有为就有位"的思想，做到"选树一个激励一批"的效果。利用各种媒介和途径，开设《劳模大讲堂》《劳模话成长》专栏，宣传人才工匠事迹，让工匠精神成为激励员工前行的力量。在新媒体公众号推出的系列

防震锤安装

微作品《最美水电人》，让以站为家献青春、矢志不渝保供电的杨颖，在平淡中坚守、在平凡中闪光的万虎峰，技能专家王华等一大批工匠成为员工朋友圈里的"网红"，营造见贤思齐的氛围。

完善传承机制，弘扬精益求精的工匠精神，形成以技师为主体的班组长队伍、以高级技师为主体的技能骨干队伍、以首席技师为主体的技能专家队伍。加强技能专家工作室与高技能人才创新工作室共评共建，以集团公司技术能手任晓洲、陕西省五一劳动奖章获得者刘斌牵头，创建完成"刘斌电力智能化""华哥说电"高技能人才创新工作室，完善工作室试验场地，发挥技术攻关、技能推广、带徒传技传承作用。

"红工衣"与"白大褂"结对子，让技能工匠更多地参与技术课题研究、专题研修、技术交流，实现理论与实践融合，激发员工活力，促进工匠技能素质提升。2人荣获陕西省五一劳动奖章，1人荣获"甘肃省五一巾帼奖"，49人受到油田公司表彰。参加油田公司、省级职业技能竞赛，获得陕西省团体金牌和个人前三名。以技术比武产生的工匠为引领，培育选树一批技能型创新型人才；挖掘选树基层一线优秀班长群体，形成公司级优秀工匠团队，引领员工立足本职，忘我奉献，攻坚克难！

他们的故事，就像白昼有亮度的画笔，在大地的通信录中闪耀着光芒。

金牌状元的梦想

没有人生来是将军，都要从一个普通士兵开始，一步步攻城略地、南征北战、步步为营，才能成长为身经百战的将帅。

2005年，向兴强从风景秀丽的四川来到长庆水电成为一名变电检修工，看到师傅们游刃有余地解决各种技术难题，在各种技能大赛中摘金夺银，他就暗下决心，当个水电职工，就应该像他们一样，干就干到最好！一个伟大的时代给他提供了难得的平台，油田大发展，电网不断延伸，为他提供了难得的学习机会和大显身手的舞台，在一年一度的电气设备春检、变电所改造施工、数字化消缺中，他跟在师傅的后面，态度诚恳，不懂就问，得到不同师傅的精心传授。他在设备安装后的调试中，常常与厂家技术人员探讨保护的原理和作用，让对方在刮目相看的同时，也乐于向他讲解微机后台制作、变量关联、设备联调等专业知识，使他获得在培训班也难以学到的知识，技能水平实现一次次飞跃。

大业非才不就，大才非学难成。向兴强越是如饥似渴地学习探究业务，越是发现自身的不足和短板。在学习和工作中，他认识到电气设备检修工作更是一项技术含量高、工作要求严谨的技术工作。从事检修工作的10多年中，他刻苦钻研专业技术知识，不会的就学，不懂的就问，虚心向老师傅学习，熟练地掌握维修技能，让他成长为一名班组"领头羊"。他几乎牺牲了全部的业余时间，写下厚厚的学习笔记，掌握扎实的技术技艺。向兴强说："学习是我的最大乐趣，掌握了新的知识会使人快乐无限。"在每次的检修过程中他随身都带着一个笔记本，每检修一台设备都要密密麻麻记上好几页，遇到难题时，立即拿起图纸对照研究，并及时请教有经验的老师傅，打破砂锅问到底，直到把问题研究透，把故障排除掉才肯罢休，长此以往练就了检修设备过硬的本领。

欲戴王冠，必承其重。向兴强在工作中勤于思考，勇于实践，不断探索和总结经验，逐渐走向技术上的成熟。参加工作至今，每年参与10座以上变电所的春检，检修设备5000余台次，消除缺陷630多项。参与组织建设和投运35千伏变电所9座以及维修改造工程70多项，经常一驻现场就是3个多月，凭着"匠心"做到安装标准化、统一化，确保工程施工优质高效地完成，达到国家电网优质工程标准。

没有人能随随便便成功，看似毫不费力的背后是千万次的锤炼。向兴强第一次参加陕西省职业技能大赛维修电工比赛，却铩羽而归。这次失败的经历在他心中留下深刻的烙印。知耻而后勇，他终于等到圆梦的机会，2019年再次参加陕西省职业技能大赛维修电工比赛，在选拔赛中顺利过关，与其他5名员工组成长庆集训队。他把训练场当成赛场，不放过任何一次机会。在硬件练习中，他常常练到直不起腰来，必须借腰带才能完成接线，集训中最艰难的是PLC编程，他一度陷入瓶颈期，每天在实训教室钻研至深夜一两点甚至更晚，终于打破编程中特殊功能细节处理的瓶颈。经过72天夙兴夜寐、艰苦卓绝的磨炼，终于等到见证奇迹的时刻。陕西省各路精英济济一堂，拉开技能大赛的序幕，在4天的激烈比拼中，他和同伴沉着应战，将学习成果转化为赛场上的靓丽风采，与同伴组成的长庆二队勇夺大赛第一名，自己也摘得大赛个人赛的桂冠。

这块金牌不是努力终点，而是向兴强攀登技术巅峰征途上的又一个新的起点。

精益求精的工匠

纪录片《大国工匠》讲述8位"手艺人"的故事，他们之所以能够匠心筑梦，凭的是传承和钻研，靠的是专注与磨砺。我下面采访到的这位班长叫刘斌，他凭借执着的奉献、精湛的技艺，在平凡的岗位释放着夺目的光彩，先后获得陕西省维修电工技能大赛冠军、陕西省五一劳动奖章。

小时候，在父亲用万用表时，刘斌经常围在身边观察，时不时还充当小助手。上学后，别人还在缠着父母买电动小汽车时，他已经可以把塑料小汽车加永磁电机变成电动小汽车，在学校引起一阵轰动。

2005年，刘斌子承父业当起了一名变电检修工。在师傅们的带领下，加紧学习电气理论知识，并通过实践来不断强化自己的动手能力，仅用两年就掌握电气设备检修的基础知识，成长为一名响当当的技术骨干。

成就工匠梦就要追求完美。面对困难，刘斌有股不战胜就不罢休的韧劲。在安装接线与调试工艺标准上像一个强迫症患者一样，自己经手的每一根接线都要横平竖直，每一颗螺丝的穿向都必须保持统一，每一个端子箱的排线都必须保证一致，误差绝对不超过1毫米，使端子箱看上去整洁美观又便于后期故障排查，这不仅需要好眼力，更需要千百次练习。

"带着脑子去工作"是刘斌常说的一句话。在巴山变二次扩建工程期间，安装完成试验时，发现10千伏断路器跳闸后再无法合闸，这已经是工程结尾期，这个莫名的故障让大家都很着急。解决不了这个问题，投运的时间就要延后，他"走火入魔"一般反反复复研究一切能找到的资料，一遍又一遍审图，一次又一次与设备厂商沟通，在脑海中不停地寻找过去处理过的相似故障。

功夫不负有心人。第四天凌晨，刘斌像阿基米德当年发现浮力原理一样，突然从床上坐起来，拍着头叫道："我知道了，我知道问题出在哪儿了！"他裹着衣服匆匆来到现场，反复试验，故障迅速排除，巴山变如期投运。

电气检修安装对技术精度要求非常高，很多检修安装数值允许的误差仅为1毫米，这不光要手巧，更要心细。油房庄

主变压器附件安装

110千伏变电所建设时正值寒冬腊月，安装35千伏主母线下引到杆上刀闸的钢芯铝绞线，必须保证在数据上最大限度的精准，才能做到调整精确。刘斌带领班组成员在风力平均5级、气温零下20摄氏度的条件下，硬是用自己的大腿做支垫，依靠手力在高空完成母线弯曲和安装，经过反复计算与核对，最终连续高空作业4天完美收工。

凭着十年如一日对专业技术的学习和钻研，刘斌通过分析变电所值班员的故障描述，就能八九不离十地判断设备的故障位置和类型，这为后续工作缩短了大量时间。

刘斌代表油田公司参加陕西省职业技能大赛维修电工项目的比赛，参加大赛的39名选手中，能将项目全部内容完成的只有7人，刘斌就是其中最棒的那一个。监考官称赞他不但又快又好，而且操作素养也很高，他拔出去的线头整整齐齐地堆在自己身边，不会四处飞散。他一路披荆斩棘，终于拔得头筹。而在这之前的100多天里，他只休息过两天。备战时，经过他手反复练习的绝缘单股铜芯线有30余盘3000多米长。他从一个完全不懂编程，到编个程序得花去别人5倍的时间，再到后来只需要别人1/3的时间就能实现。

心中有信仰　脚下有力量

刘伟，从一名普通的水电女工成长为QHSE网络安全监督员，一路成长的经历正是对信仰执着坚守的最好诠释。她来自一个水电工人家庭，父亲是水电的一名普通工人，母亲是善良纯朴的农民。双亲不善言辞，但朴实的言传身教让刘伟从小养成坚定执着、不怕困苦的品格。

刘伟工作的第一站，是安塞水电大队侯杏水电队。工作与学校教育有很大的不同，为了让书本知识在实践中有用武之地，她在最基层的变电所向书本学，对照实物学，渐渐掌握配电工的基本知识与技能。曾经的刘伟认为，配电工的要求是准确的操作，但在实践中她逐渐发现，做好配电工所需要的不仅是机械的重复，更要有创造性的发挥。她在工作中总会留心各种疑难杂症，遇事不忘多问几个为什么，"知其然，还要知其所以然"。在这样的积累中，她无论是操作技能还是理论知识都取得长足进步。

机会总是留给有准备的人，第一次参加厂变电站值班员技术比武让刘伟崭露头角。这次牛刀小试，给刘伟更加坚定的信心。她没有在荣誉面前止步，而是更加执着、更加踏实地工作。2011年，工作岗位变动，她调到生产办，担任调度员。面对知识与技术的发展，她始终保持如饥似渴的学习状态，迅速适应岗位的变化，掌握新的知识技能。生产调度员的岗位历练，让她对厂电网结构有了更深刻的了解，为以后的工作打下了基础。

刚刚休完产假返岗两个月的刘伟，被任命为杏河变电所所

长。当时她的心里多少有些忐忑，

"我能担起所长的担子吗?"刘伟也曾有过犹豫，但领导的信任给她吃了定心丸："怕什么，要相信你的专业和技术!"

"其实当时我的内心有些抗拒，那么久没在岗位，当时感觉心里没谱。"刘伟又一次迎难而上，在陕北生活条件最苦、设备年限最老、设备数量最多的杏河110千伏变电所，担任了6年所长，完成倒闸操作1000多次，完成接地网改造、35千伏母线改造、110千伏设备改造、控保系统改造、主变更换等多项工程，和变电员工一起，利用"人防、物防、技防"三防一体的安全理念，严格执行"两票"管理，总结五防系统的应用经验，以"宁流千滴汗，不流一滴血"的信念，全方位保障变电所运行安全。

经过近10年的磨炼，刘伟已经成长为水电的业务骨干。2018年，参加国电培训中心技术比武的任务摆在面前。已经不再年轻的她面临艰难的选择，是参赛还是回避?思考再三，她决定不能故步自封，要用"归零"的心态去迎接挑战。最终，经过5天的激烈角逐，在又一次站到领奖台上的那一刻，她觉得这次不仅战胜了别人，更重要的是战胜了自己! 在点滴的积累与磨砺中，刘伟已经完成从蹒跚学步到展翅飞腾的蝶变。

或许在历史发展的长河中，14年不过弹指一挥间，但在个人的生命中，14年的宝贵是不言而喻的。刘伟正是用14年如一日的坚持与执着，锤炼出过硬的技能与本领。

刘伟始终相信，机会不仅留给有准备的人，更留给有"信仰"的人。

心中有信仰，脚下才有力量！

铁人三项选手

他是一名"铁人三项选手"。

铁打的身子，干起活来经常是"5+2""白加黑"模式，不管多累，只要一进生产现场，他立马精神抖擞、干劲十足。

铁打的意志，身上有一股子劲儿，认定的事一定要做好！要比，就得拔个头筹。要干，就干出个样子！不是科班出身、没有任何理论基础的他，一次次在甘肃省、油田公司的技能大赛中摘得桂冠。

铁打的手艺，别看他是个大老粗，干起活来比谁都细致。他常说："干检修，我眼里容不得一粒沙子。""万根接线无差错"的纪录在他的手中诞生，年处理重大设备缺陷挽回损失的纪录无人可破。作为甘肃省"技术能手"，他就是这样一点一点干出来的。

任晓洲用认真的工作态度、忘我的工作干劲、勇于付出的奉献精神，诠释了一名水电检修工的钢铁品质。

任晓洲在从事检修工作时，刻苦钻研专业技术知识，不会的就学，不懂的就问，虚心向老师傅学习，熟练地掌握了电气修试技能，并在省级技术比武中屡获佳绩。他工作认真细致，严格执行安全生产等各项规章制度，认真实施标准化作业，他带队及参与的施工、检修现场没有一次违章作业现象发生。

环北变报告两段电压互感器的高压熔断器击穿，有一段手车无法拉出，高压室内还有焦煳味。任晓洲急忙冒雨赶往现场，在泥泞的环县七里沟，车辆被陷，堵住上站的路，他在雨地里挖土铺路，一步一步"挪"到变电所。深夜一点钟，一身泥泞的他投入紧张的抢险工作，修好手车闭锁机构，拉出电压互感器手车才发现，互感器绝缘已经击穿，他又急忙拆解、配套、试验、组装，保证一组互感器正常运行。当一身汗水的他看着互感器投入后计量恢复正常时，清晨的朝霞已经映红天空。顾不上休息，他又投入线路接地故障的处理中。他在环北变连续工作5天5夜，保障运行，更换新的电压互感器，拆除发生故障的过电压保护器，直到全站所故障消除，设备全部运行正常，才蜷缩在沙发上昏昏睡去。

像这样的工作，任晓洲干过很多次：曾六上杏河集输队完成3台变频启动外输泵改造扩建任务；曾克服困难奋战37个小时完成里74井区应急发电任务；曾星夜兼程恢复杏六输启动装置故障；酷暑中，他带领大家用4天更换阜城变9组35千伏户外隔离开关，更换安装南一变SF6高压开关；寒风里，他应急抢修贺旗变35千伏马贺一回高压隔离开关。多少次这样的工作，他都圆满完成任务，保证油区正常供电。

检修技能专家

从一名工人成长为公司变电检修技能专家，王华用了25年。

如今王华自学新媒体制作、视频剪辑技术，创建《华哥"说"电》自媒体栏目，将所掌握的专业知识毫无保留地传授给年轻人，发布教学视频。对电气设备运行维护等工作进行技术交流及问题解答，受到员工称赞。

王华发挥技术特长，在工作中体现技术领军的特殊作用。2018年之前，变电所变压器呼吸器硅胶经常受潮导致更换频繁，但是"换"解决不了根本问题，他针对这一情况带头组成攻关小组，实践出硅胶受潮的四大主因及处理方法，从根本上解决了问题，使硅胶更换频次减少80%以上。主变差动保护动作是经常出现的事，当值班员查找不出故障点时，他总能在第一时间赶赴变电所，及时解决难题，第一时间恢复供电。

专家称号既是荣誉，也是压力，更是动力。王华坚持技术创新及改造，解决高压开关机械机构故障及付费率数字电能表的接线纠错等检修难题11项。

研究规划吴起区块白杨变、东山变、杨青川变3座新建变电所线路优化，改变吴起区块10千伏供电半径过大、利用率达标难的现状。

防震锤检查

创新制作变电所无线失电报警仪、智能拉闸杆等设备，带动员工掀起一股小改小革的热潮。

生活中，王华是名副其实的暖男，大家说：技术难题找华哥，家常琐事找华哥，日常维修找华哥，准没错！

王华说："我相信，理论探索永无止境，技术创新没有句号，油田发展需要一砖一瓦的力量，需要一往无前的执着。"

说起华哥的梦想，他希望和团队一起将《华哥"说"电》发扬光大，解决更多的技术难题，更好地服务于油田生产建设。

一代一代水电人所传承的劳模精神，以服务至上的匠心、精湛的匠艺、追求卓越的匠魂，激励干部员工把个人的奋斗融入水电伟大实践。

用"千锤万凿出深山，烈火焚烧若等闲"的毅力，用"宝剑锋从磨砺出，梅花香自苦寒来"的追求，用扶摇直上气贯长虹、百折不挠扭转乾坤的闯劲，实现属于每个水电人的石油梦！

电力天路

铁塔罡风

——长庆电力外线工速记

天上星在夜空闪烁，地上灯在群山跳跃，似城市的灯海，像舰队的星河。郭世耀握着手电，徒弟身挎工具包，快速向最后一基铁塔走去。他们决心与时间来一场赛跑，鞋子与地面摩擦，耳边风声呼呼响起，衣襟也随风飘起来，飘浮起的尘埃还没有落定，他们已经奔向了离铁塔更近的地方。两束手电筒的亮光在铁塔中移动，停留在铁塔与线路之间的瓷瓶串、金具、防震锤上，又沿着线路向远处延伸。

一句话把大伙喊醒了

2009 年 11 月，郭世耀来到线路施工大队一队五班，守护 240 公里线路和 909 基杆塔。初来乍到，屁股还没有坐热，他把全班人召集起来开了个班会，会场就在铁塔下，他大着嗓门喊："说句心里话，我也不想当这个班长。这个班是啥样子，山高皇帝远的，我不说你们也知道。既然来了，咱们就得干个样子，咱们就碾盘子上打麻将——实打实地干。别的口号咱不喊，咱干着这份工作，要对得起这身红工作服！对得起每月领的工资！是不？"

这位新来班长的一席话，把五班的人喊灵醒了。大家明白，郭班长和传说中的一样，百分之百是个"咥实活"的人。

在磨刀石上闹革命，没有电力，钻塔无法施展拳脚，抽油机无法转动，勘测出的石油一滴也开采不出来。就像军舰在大海里没有驱动，航天器在发射架没有助推剂一样。更要命的是，在没有路的高原建设一条供电铁塔线路，对于当时的人们来说，就像摘下星星当灯点。郭世耀说："要想了解这段往事，还得找当年指挥架线的安师傅，老安。"

郭世耀说的老安，叫安锁贤。他凭借出色的组织能力和丰富的外线施工经验，在1998年新组建线路施工大队时，从原供电车间主任被聘为主管生产的副大队长，挑起35—110千伏线路的维护和电力线路的施工重任。在以后的5年里，他承建了悦石、西峰城网改造工程，架设西峰—肖金和靖边—寨山线路架设，队伍由原来的一支"杂牌军"，一跃成为油田具有国家二级资质证书、综合实力最强的专业化线路施工队伍。4次创造了长庆电力线路架设工程史上的纪录。在他的带领下，平均年龄只有29岁的线路施工大队，犹如一轮初升的朝阳，蓬勃向上，在油田内外电力线路架设市场上纵横驰骋。相继完成29项共400多公里的电力线路工程建设任务，创产值6000余万元。

蓝天白云下的水电人

我找到老安时，他正在石油基地下象棋。只见他敛声屏气，啪的一声，黑棋向前冲去，落在了红棋的将头上，四周一片喝彩声。

　　我向老安靠过去，一边鼓掌，一边搭讪。他听了我的来意，从里三层外三层的人群里抽出身来，说："小郭是我一手教出来的，刚来的时候哭哭啼啼，后来干活比谁都拼命吃苦。他爱钻研爱琢磨，就像我爱好象棋，工作肯定棒棒的！"

　　我说："你讲讲当年建线路的往事，回忆下峥嵘岁月呀？"

　　这时几个老人围到这桌来。我赶紧站起身让位。

　　老同志说："下一盘。"

　　老安很高兴，码好棋子说："你先走。"

　　老同志很老练地拿起棋子，当头炮。老安跟着跳上马。俩人轻车熟路，一连走出10多步，看得我眼花缭乱。

　　老安说："1992年7月份，天气异常闷热，我们队接到任务，架设一条59公里长的高压配出线路。时间紧，任务重，接到命令的当天，我带着11个职工出发了。"

　　说话间象棋又走出五六步。老安说："职工奋勇当先，登杆组装金具，放线，紧拉线，铁塔一基基拔地而起，导线一米米向前延伸。有的电杆需要架设在山顶，导线必须跨越大沟和河流，队员浑身上下被碰得青一块紫一块，也没人下火线。"

　　对面的老同志落下棋子说："是呀！那时候你们架线，我们打井！干一天的活，回到帆布帐篷，倒头就能在麦草铺呼呼

人拉肩扛把材料运到抢险地点

大睡，第二天起来个个又生龙活虎。"

老安笑着说："只要给油田早日供上电，再苦再累都值得，流血流汗也是光荣的事。每天太阳还没冒出山头，队员已经拉着几百斤重的金具材料、成捆钢芯导线和架线施工工具出发了。"

这时候棋盘上只剩不多几个子。

"但是架线再难，也难不倒咱，没有咱石油人过不去的火焰山！"老安语气坚定，拾起一枚黑炮，"将——军！"

这条110千伏的主线路，成了石油建设的电力生命线。主线路贯通后，以变电所为中心，又辐射出5条35千伏线路。有了电力供应，一座又一座钻塔屹立，一棵又一棵采油树投运，姬塬油田、吴定油区相继大规模生产，滚滚原油输出高原。

作为老线路工，老安经历了艰苦创业的岁月，目睹了战天斗地的场景，体验了会战胜利的光荣。采访最后，他重重地叹息一声："五班苦哇，那个地方值得写一写。"

他被称为线路"活地图"

郭世耀正沿着老安的足迹，在前辈创造奇迹的地方，为油气稳产提供电力保障，展现最耀眼的色彩。

班组是小单元，是企业里最小的组织，要想把大家团结起来，郭世耀开始琢磨了，他是个爱琢磨的人。他给自己定了条规则：从小处着眼，抓细节管理。生产组织、日常管理，一件一件地抓，一步一个脚印。

线路什么地方爱出问题，郭世耀心里有一本账。比方说巡线这个事，909基杆塔满山遍野地分布着，用传统的巡视方式，皮卡车冤枉路没少跑，巡线效率没提上去，往往事倍功半。想提高巡线效率，就得结合地形地貌沟壑想办法。最后，他琢磨出了"一个计划、五类巡线工作法"。

"17+N"线路巡视计划就是每月完成17条线路周期巡视，再结合线路负荷、天气情况，多安排巡视"N"条线路，主要是110千伏线路、35千伏重负荷及单回路线路，这样补回了雨雪雾、大风等恶劣天气耽误的巡视时间。

有了"17+N"线路巡视计划，理论上一条线路只有几十公里，但是实际巡视下来，往往比线路直线距离多十倍，怎么办？

这一回，长期积累的经验让郭世耀琢磨出了一个"五类巡视法"：圈点放线巡视法、同向并排巡视法、分段合量巡视法、单段集中巡视法、巡视员杆杆标记法，解决了特殊地形条件下巡视困难这一难题。

这个方法，将原来30天的线路巡视任务缩短至16天，不仅提高了线路巡视效率，还降低了行车风险。

在线路巡视这个行当里，安全和质量，不仅要喊在嘴巴上，更要记在心坎上，郭世耀琢磨出了线路巡视"八个必须"，把巡视质量和安全实实在在落实在行动上。他向班员叮咛："当外线工，就是要一丝不苟，丁就是丁，卯就是卯，弄

翻山越岭巡线忙

不得虚，也做不得假。"

郭世耀被称为线路"活地图"，200多公里线路，哪里有山沟、河流，走什么道路，经过什么村庄，铁塔状况如何，都了然于胸。一个杆塔上有650个螺丝，每年春季检修，都要对螺丝进行维护，对每一级杆塔上的瓷瓶进行擦拭和检测。他说："其实，每个外线工都好比是铁塔上的一颗螺丝钉。"

我问郭世耀："苦不苦？累不累？"

郭世耀说："要说不苦不累，那对不住良心，那是假话。"

抢险的艰难，是明知山有虎，偏向虎山行。郭世耀讲起2013年隆冬的那件事。冬天的线路容易出问题，一旦有故障得火速解决，无论是白天还是黑夜，动作稍微慢点，油井管线就会冻结瘫痪。漆黑的夜晚，山顶上呼呼的风像刀片，穿着棉衣棉裤，话都说不利索。那地方山多沟多弯多，雪花一飘，就容易形成雪窝子，浅则半米，深则一米。整整两公里路，他们从晚上出发，一直走到第二天早上6点才到事故点。查清故障后通知后援队，把材料抬上山。山高路陡雪滑，前面的人拉，后面的人抬，奋战了6小时才把材料运到山顶。地冻如三尺厚的钢板，十字镐下去火星直冒，每个人的手上都震出深深的血口子。手和脚全都冻肿了，厚厚的劳保皮鞋冻在雪地里拔不出来。

说起当年抢险的情景，郭世耀还会陷入艰难的回忆里。

我们五班就是兄弟连

轰——轰——轰，天还没亮，皮卡车爬坡的声音，已经开始在沉睡的高原轰鸣。中秋节，我跟着五班巡视了长庆电力大动脉。

一座山，一把铁锹，两个人，巡线跟电影里面的情节一模一样。这里路况复杂、山陡草深，同样的巡线任务，意味着更大的工作难度。外线工的工具包里都有七大件：扳手、手钳、望远镜、蜡笔、螺丝、记事本和定位仪，有10多斤重。一天几十公里的山路，还要留意隐藏在草丛里的毒蛇、暗沟。巡线途中他们时常哼着小调解闷，甘肃秦腔，陕北民歌，曲调热情真诚，"羊啦肚子手巾哟三道道蓝，咱们见个面面容易哎呀拉话话难"，唱得直往人心窝子里钻。

午饭过后，前往对面山头的30号杆塔，直线距离不到3公里的山路，要翻越好几个山头。衣衫早已湿透，小腿也开始发抖。汗水顺着安全帽内檐流下，辣得睁不开眼。在这边山头巡线，对面山头放羊的老汉挥着羊铲唱信天游。幽幽山谷就是天然的音响，任何舞台都没有这种苍凉深沉的效果。

站在30号杆塔前，郭世耀从挎包中掏出望远镜，像扫描仪一样缓缓扫过导线、拉线、金具、绝缘子。检查铁塔有无倾斜、锈蚀，铁塔基础或螺栓有无松动，接线有无损伤和断股。

全部检查完毕后，徒弟小马掏出红色蜡笔，在杆塔上标记巡线时间，然后掏出手机，拨开塔身四周干枯坚硬的干草，从不同角度拍下巡检照片。

小马是郭世耀的徒弟。第一次来到陕北，他厌恶这清瘦的山，厌恶这冰冷的水，厌恶没有感情色彩的铁塔，厌恶扛着铁锹背着工具包按部就班的生活，不甘心在大山里过一辈子。这一切都被师傅看在眼里。有天晚上，小马肚子拧着疼抽着疼，一身冷汗。师傅连夜把他送到了县医院，检查确诊为急性肠炎。手术后，师傅在医院里陪了两天两夜。这位父辈人的举动把小马感动了。病情平稳以后，郭班长给徒弟讲逸闻趣事，最后说："别看咱们厂人少，但个顶个是人才。"这无意中的一句话让小马打了个激灵："将心比心，大家都是大学生，别人干得，我为啥就干不得？"小马在心里发誓，不但要在五班干下去，还要干得有眉有眼有模有样。小马也是要强的人，他认准了一个死理：学，平时挎的工具包里，除了必备的七大件，还多了一本配电线路工方面的书，没事就翻开书看，工作中遇到困难，也翻开看看，书的页眉页脚上都密密麻麻记着学习心得体会。业务熟悉后，不论干什么活，小马都兢兢业业，一丝不苟。他不想给老班长的脸上抹黑，更不想给五班这个集体抹黑。

"你看过《兄弟连》吗？我们五班，就是一群兄弟，一群战友。工作互相配合，平时也互相照顾。"小马说。

悬挂接地线

下山路上郭世耀说："小马现在是班里的骨干，无人机巡视这类高科技设备，一打眼就能学明白，也是最年轻的外线工。"

中秋节不能和家人团聚，他们坐在空旷的山顶上，给家人打电话问候表示节日祝福。没有月饼没有酒，每人拿着矿泉水碰了一下，抽完一支烟提提神，又出发了。

郭世耀来了，五班变了。关键是人心变了，每个人有上进心，有责任心。

厂里要搞标准化经验分享，头一个挑上的就是五班。五班的安全管理工作在厂里干出了名气。

五班成为响当当的基层建设示范点、优秀五型班组。郭世耀也站上了领奖台，捧过劳模的奖牌。像他这样的外线工，长庆油田还有380名。他们每月巡视线路15万公里。

一轮明月挂在远山之巅，投下淡淡的清辉。月色夹带着清寒的野风，夹杂着鄂尔多斯特殊的沙海气息裹挟了我。望着月色下这几个外线工矫健高峻的身影，我感受到一代新人，已经像铁塔电杆，支撑起这油田的天和地。选择了外线工这份工作，就得把自己锻造成钢铁一样坚硬的战士，一种长庆水电战线的特殊材料制作的人。

　　这群活跃于油田电力战线的尖兵，战斗在远离城市，远离繁华的地方，守护着油田万千杆塔。沉默如父的黄土高原不会忘记，辽阔苍茫的毛乌素沙漠不会忘记，那道把高原和大漠缝合在一起的古长城也不会忘记，水电人为油供电的传奇。

在杆塔上作业

与梦想比肩

——供电保油的青春宣言

青春之色，青春之歌，青春之梦，是一簇簇山丹丹花，绽放在井架铁塔下，摇曳出的串串红像高天流霞。山丹丹只开在春天，而他们的花季却从春开到冬，在黄土地上盛放成"映山红"。

威尔逊有一句名言："光明和希望，总是降临在那些真正相信梦想成真的人身上。"一代又一代水电青年，用爱岗敬业的奉献精神，用激情燃烧的岁月，印证着自己的梦想和追求：只有荒凉的环境，没有荒凉的青春。

我采访到的水电青年有很多，他们不管身处荒漠大山，还是生活在繁华都市，都以豁达乐观阳光的心态，把平凡的小事做到不平凡，保持属于自己的青春激情，走出属于时代的精彩人生。

脱掉工装能跳骑马舞，放下扳手能书会画，这正是他们的真实写照。他们把青春血液注入水电跳动的脉搏，使企业保持了无限成长的活力。

巡线途中

长大后我就成了你

24岁，她在大学毕业后回到父母长期工作的地方。从小与爷爷奶奶生活的她，脑海中总是记着父母每月与自己短暂几天相聚忙碌的身影、爷爷奶奶无休止的嘱托和唠叨，红工装、石油人，离她是那么的近，却又是那么的远。

她被分配到一个偏远变电所，广袤无垠的陕北高原，光秃秃的山一座挤着一座蜿蜒而去。变电所虽有4名女工，但和其他两名女工相见只能在每月的换班，整整一个月里，只有她和师傅两人默默地守望。陌生、荒凉、寂寞的工作环境，使她感到从未有过的失落，她感到曾经七彩的青春梦，都被石油笼罩了。

满腔的青春斗志，就这样与残酷的现实在剧烈地磨合。她的第一个师傅是在配电岗位上工作了20多年的老变电值班员，开朗直率，一天总是风风火火，像个女汉子。晚上值班，风撕心裂肺地呼啸着，师傅就用浓厚的石油腔给她讲水电人"人拉电杆上马岭、风雨无阻修线路、甘守孤寂保供电"的故事，以驱赶她的睡意。工作之余，师傅和她谈心，在倾诉和倾听中，日积月累的抵触情绪慢慢消融殆尽。

那年春节，她第一次不能回家过年在山上值班，心里充满莫名的惆怅。大年三十在师傅的带领下，她们像平时一样细心地按时抄表、巡检、填写记录。想着以前家里过年欢天喜地的热闹气氛，她心里更加难受。晚上师傅赶着做了一桌丰盛的年夜饭，一会儿给她夹菜，一会儿给她讲笑话，逗得她忧郁的心情烟消云散，还不停地催促她赶紧给家里打电话。

新年的钟声响了，师傅的手机也响起来，手机的那头传来淡淡的声音："妈妈，我很好，你别牵挂，照顾好你自己。"瞬间，她看到一向刚强、开朗的师傅泪如雨下，师傅激动地对她说："我儿子终于主动打电话了。"工作20多年，由于师傅和她丈夫长期工作在外，儿子一直寄养在西安婆婆家里，孩子叛逆，学习成绩也不好，见到师傅也总是一副冷若冰霜的表情。每回师傅下山总是大包小包地给儿子买很多礼物，却总觉得弥补不了对儿子成长的亏欠。一个电话，没想到却触碰到了师傅心中最柔弱的地方。

那一刻，值班室里静静的，所有的设备都在这静谧之中按部就班地运行着，她拿着电话有许多话想对爸妈说，告诉他们自己涨工资了，奖金也多了，能给他们买漂亮衣服了。她想告诉他们好多好多。

那一刻，她似乎理解了师傅，理解了父母，理解了奋战在千里油区千千万万个"舍小家、顾大家"的石油爸爸、石油妈妈。

她制作站所电子刊物，制作数字油画、十字绣、丝带绣，装点在宿舍长廊。走在站所里，随处都能看到灿烂的笑脸。

渐渐地，她喜欢上了那个地方，她体会到了别人所不能体会到的宁静之美。远离都市的她，也在那里学会了苦中作乐，学会了享受寂寞。

那次山上大雪整整下了两天两夜，为防止变电所院子结冰，她和师傅们心一狠，扛上铁锹扫把就挥舞起来了。寒风嗖嗖，雪花飞舞，她们拉着架子车把雪往院子外面一车一车地送，一天下来，手上一层茧，手指一层泡。第二天起来一看，辛辛苦苦扫干净的院子又铺了厚厚一层积雪。看着姐妹们失落的表情，古灵精怪的她和姐妹们一合计，七手八脚地上阵堆出了一个惟妙惟肖的雪人。休假才舍得戴的围巾拿出来了，男朋友送的帽子拿出来了，只戴过一次的手套拿出来了，穿的穿、戴的戴、围的围，一个雪人在她们的手里面有了灵气，仿佛动起来了，惹得大伙一阵一阵的笑声在冬日里荡漾开来。

她叫范圣花。她见证了长庆大发展的历程，高天厚土也见证了她用青春年华扎在荒原的根。在与电网铁塔的亲密接触中，她对它莫名地产生了一种情愫：它傲然挺立，坚守岗位，无论春夏秋冬，严寒酷暑，时刻保持傲然挺立，就像一个虔诚的信徒。茅盾先生的散文《白杨礼赞》借景抒情，赞美白杨树是北方朴实的农民，那么这些铁塔正是最可亲、最可敬的配电女工，这铁塔品格正是一个"大写"的配电女工的品格！

范圣花的石油青春，正像一首歌里唱的那样：

长大后我就成了你，才知道那支粉笔，画出的是彩虹，洒下的是泪滴。

长大后我就成了你，才知道那个讲台，举起的是别人，奉献的是自己。

为梦奔跑的蜗牛

她外表瘦弱，说起话来，语调温柔，骨子里却透着独有的倔强。从变电所值班长到基层办事员，一路走来，蝶变、成长、荣誉，都闪耀着青春的印记。

刚刚工作时，她心里一阵一阵发慌，面对枯燥平淡的变电运行工作，在站上一待就是一个月。很多人总是羡慕她们的休息时间长，可没有亲身经历过的人又怎样会知道，远离城市的喧嚣，就在四面黄土、轰隆的设备声中，度过了最美好的青春年华。

她曾抱怨过，迷茫过，但日复一日、年复一年的工作，逐渐让她习惯、沉淀、淡然，周围同事们任劳任怨的工作态度与热情也让她渐渐懂得：在平凡的岗位、平凡的工作中做出不平凡的成绩，也是一种伟大。还记得在站所和同事一起做出的第一顿饭，让十指不沾阳春水的她自豪了很久，迫不及待地拍了照片晒出来分享。

几年过去了，她从最初刚到站所的懵懂小丫头，成长为工作中独当一面的岗位能手。看到新分来实习的小徒弟，她能感受到她们刚步入工作岗位的彷徨，经常把自己刚上班时的心情

环江河畔献青春，耿湾梁上建功勋

和状态与她们分享，帮助大家尽快适应站所的生活，她经常对徒弟说："很多东西也许你现在还理解不了，但必须记下来慢慢消化，该遵守的一定不能马虎。"朴实的话语饱含褪去稚气、经历成长的印记。

有次暴雨导致电缆竖井进水，每隔半小时就要排水，没有专业的抽水设备，她穿着雨鞋，用簸箕不停地舀水，又一桶一桶地提出去倒水，到最后累得胳膊都抬不起来。10千伏线路接地，她监视其他线路的运行情况，并配合外线人员试合开关，反复操作，一直守在后台监控前，随时查看负荷变化，等到线路故障排除完恢复送电时，已是深夜2时。就是这份对工作的坚持与信念，让她不管遇到怎样的难题，都从不畏惧且毫无怨言。她利用休假时间跑超市、商场，精心挑选绣花盖布、绿植、鲜花等，将站所布置得如家一般温馨。

《变电站值班员习题集》被她翻得厚了一层，时不时还会看到一些只有她自己才明白的标记。在技术比武前的那段日子，她没有因为休假而放松，填写倒闸操作票练了一遍又一遍，一道实际操作题一练就是一天，晚上睡觉，操作流程还在脑子里反复回顾，从"不懂"到"熟练掌握"，其中滋味只有品尝过的人才懂得。

"能够到达顶端的动物只有两种：一种是苍鹰，一种是蜗牛。"她说，"苍鹰能到达是因为拥有傲人的翅膀，而慢吞吞的蜗牛能够爬上去是认准了自己的方向。"

郭丽娜就是这只蜗牛，只为梦想努力前行。

梦想照进现实

像很多人一样，大学毕业后，他选择招工到油田。和很多人一样，他也曾抗争过，可是面对父亲的叹息、母亲的泪水，他别无选择，成了一名水电外线工。

虽是石油子弟，但在他的记忆中，一直就只有采油工和黑乎乎的钻井工，外线工对他来说太陌生了，他好奇地跟着大家一起训练，登杆、扎瓷瓶、组装瓷瓶串、做拉线。看着这些以前他认为是工厂出来的成品，现在却出现在自己手中，一种成就感油然而生，他似乎已经忘记了初来时的痛苦。

3个月的实习期结束后，回到家里，本该兴奋的他，突然发现一切都变得陌生了。都市的繁华，往来穿梭的人流车流，高楼大厦压得人喘不过气。匆匆回到家，身上的力气仿佛被抽走了，瘫在床上，他蜷缩着身体，眼泪却止不住地流了下来。晚上吃饭，母亲一个劲地给他夹菜，父亲兴奋地说要和他喝两杯，他狠狠地将自己灌醉了，借着酒劲，把憋在心里的委屈一股脑儿地倒给父母，埋怨他们，让他失恋、让他蹲在山里、让他陌生了以前的生活。

凌晨4点多，口干舌燥的他晕乎乎地醒来，看到客厅还隐约闪着电视机的光亮，他晃悠悠地想倒杯水喝，却发现父亲还没有睡。父亲歉意地以为看电视吵醒了他，坐下喝水的时候，他才注意到桌上的烟灰缸里插满了烟蒂，心中一阵难过，他起身将父亲的茶杯续满了水，他想道歉可又不知从何说起。

终于，还是父亲打破了沉默："还记得你小时候最喜欢唱的《说句心里话》吗?"

他点点头。当兵，可能是每个男孩子最初的梦想，他爷爷就是一名解放军，还参加过抗美援朝。小时候他最喜欢听爷爷唱红歌，这首歌刚出来的时候，成了他最喜欢的歌之一，但是此时并不知道父亲的用意。

父亲继续说："小时候，你喜欢唱，但你不懂，长大了你能懂了，却不再唱了。像那句歌词一样：你不扛枪，我不扛枪，谁来保卫祖国，谁来保卫家。谁都知道油田工作苦，但是现在的工作环境比起过去好太多了，你也是受过高等教育的人，多的我也不说了。"

那一刻他想，那是自己选择的职业，必须对自己的选择负责。他时常能从父母淡定的脸上看到坚强和勇敢，从他们微笑的瞬间看到付出的喜悦，从平静的语气中听到不一样的声音，那是石油人怦然的心跳，在骄傲地敲击着地壳。

休假很快结束，当再次踏上陕北的土地时，他突然感觉身上有了一股莫名的力量，有了一种使命感。告别模拟训练，他开始真正学习如何当一名外线电工。他所在的水电大队处于宁定油区，所辖区域里有十几个变电所，1500多公里配电线路，听师傅说多停一分钟电，油田就会多一分损失，所以险情就是命令，他们必须以最快的速度解决问题，恢复供电。

几天后的一个雨夜，辖区一个变电所115号线出现连续接地，造成大范围停电，他所在的外线班全体出动，连夜查找故障。在伸手不见五指的夜晚，他打着探照灯，披着雨衣，扛着工具翻山越岭，逐基杆塔查找缺陷，发现一台变压器的避雷器被击穿。师傅更换了避雷器，处理完故障，当他们来到控制主线路的断路器下时，师傅把令克棒交给了他。

嗵的一声完成合闸，正在他检查断路器是否正常闭合时，旁边的井场突然就亮了。"我猛地一回头，看到了让我终生难忘的一幕：随着供电的恢复，原本黑漆漆的大山由近及远，一个个井场、一个个站所逐渐亮了起来，磕头机又忙碌了起来。那一刻我真的很自豪，一股热流从心底涌出。"

至今他还清晰记得当时看《王进喜》的纪录片，发生井喷时，王进喜纵身跳进泥浆池，用身体充当搅拌机的那一刻，气温零下30多摄氏度，还有那句"宁肯少活20年，拼命也要拿下大油田"的豪言壮语。看到那一幕，他为自己是一名石油工人感到万分骄傲和自豪，父亲的话语也犹在耳畔。

后来又看到安徽省凤阳县小岗村党委第一书记沈浩，只身来到小岗村，造福百姓。当他看到沈浩永远倒在工作岗位上时，顿时百感交集，他想到了石油战线上的老前辈。

全力以赴保供电

生命的意义在于活着，那么活着的意义又是什么呢？

"选择了这份事业，就是选择了奉献。"王永强说。

他是油田80后里面的一个，也是长庆"后浪"里的一滴水。他用汗水见证着成长，用奉献丈量着价值，让梦想照进现实。

石油的眷恋

曾几何时，她的记忆里总是沾满泥土的皮卡车、日夜转动的磕头机，还有每天早出晚归加班的父母。每当早晨教室里同学都在炫耀，妈妈给他们做了什么可口又美味的早餐时，她手里总是啃着小卖部里的干膜片。那一刻，她的梦想仅仅是每天早上能吃上妈妈做的早餐。

随着时光流逝，曾经小小的她也成了石油工人，穿上了那身湛蓝的工装。后来蓝工装变成鲜艳的"中国红"，火红的颜色让人更有激情和热情。

她还记得初到陕北，连绵起伏的高山、沟壑纵横的丘陵、淳朴真挚的民风，都让她惊叹不已。"在这里生活工作，我深切感受到水电前辈的奉献精神，我的梦想也是在这里被重新定格。"

多少个春夏秋冬，多少个日夜，当人们都已进入梦乡时，他们还穿梭于通亮的小站之中，标准化巡检、监控负荷、记录数据、擦拭设备，从未有过的疲倦感"侵蚀"全身，他们却始终没有怠慢。夏天，闷热的高压室里常常会让人汗流浃背。冬天，双手又会因寒冷冻得通红。节日到来，对于他们来说，只是时间的标记而已。鞭炮齐鸣之时，他们仍然奋战在电力抢险第一线，穿行于荒山沟壑之间。

一个"水电梦"造就一代水电人，韦雪霞就是这一代人里面的一个。我采访她时，她给我讲了这样一个发生在同事身上的故事：

记得一天下午，同事拨通了电话："妈妈明天回不了家了，你自己在家要听话呀！"电话里，同事的女儿哭出了声，哭声还未停息，电话已匆匆挂断。同事站在值班室，心情激动得久久不能平息。她一边让思绪穿越时空，一边给我讲述那个往事里的场景。

上班前的那天夜里，孩子在睡梦中大哭起来："妈妈，我也要坐车上班呢，我也要走！"她把孩子抱起来，轻轻地摇了摇，孩子才进入了梦乡，只是她却再也无法入睡。每次回家孩子都很依恋，上班时都会号啕大哭。每次离开家，她都不忍心看到孩子声嘶力竭地哭喊，都会提前给孩子做工作。孩子平时都很听话，可是听到她要上班去，不管怎么许诺，下次回来带多么诱人的玩具，孩子给母亲的回答都是：要么带他一起上班，要么母亲不上班去。也许是白天的话被孩子记在心里，生怕把他一个人留在家里，所以孩子才被自己的梦惊醒了。

第二天早上乘车时，孩子爬上车要和她一起上班，她抱着孩子下车，谁知道孩子的小手已经紧紧地抓住车座，费了半天劲，都没有把小手掰开。听见孩子在车上撕心裂肺地哭着，她忍不住抱着孩子哭了起来。那一刻她能感觉到车上很多人都默默地看着他，眼泪浸湿了眼眶，他们的心底是一样的痛苦。

这样的场景总是让人感动。变电所春检期间，人手不够，作为工作负责人的她，连续数日不能回家。作为母亲，面对孩子的委屈，她选择了默默承受。在检修期间，她安排人员，挂接地线、投退主变、倒闸操作，直到春检最后一台主变投运后的那个清晨，才坐上第一班回家的车。

韦雪霞说："从那一刻起，我学会了坚持，收获了成长，学会了奉献，收获了喜悦，这是对石油的眷恋。"

青春礼赞

"小时候，能吃到一根冰棍，会快乐好几天；能买一双新皮鞋，夜里会起来看好多遍。"这是她小时候的小小愿望。

记忆在时间流逝中被冲淡了很多，但是没有冲淡她曾在少女时对石油事业的向往。她是长庆的"油三代"，在大学毕业后，接过父辈手中的"接力棒"，奔赴长庆第一线。

和别人不一样，他们那批人的油田生活，是从杨凌培训中心3个月的岗前培训开始的。机械制图、变电站值班员、电工基础等一系列陌生的课本"闯入"她的生活，截然不同的专业知识，让她慢慢地认识到变配电、机械、发电机组原理等配电工的基础知识，为工作的实际操作奠定了基础。培训后她被分配到位于陕北的靖边燃气发电厂，"第一次踏上毛乌素沙漠，走进挂着长庆油田一级生产要害牌子的大门，看着面前的两台庞然大物和高高耸立的烟囱，一切都显得那么新奇。带我入厂的师傅详细介绍厂内燃气轮机的作用，通过师傅的悉心讲解，我对于自己即将工作的环境有了初步的认识，迈出了梦想的第一步。"

那些"机器"，对于一名刚毕业的文科生来说，新鲜又陌生。为了能够尽快地掌握发电机组的基础知识以及操作技能，她从零开始接受新知识的洗礼。中控室每台电脑上的监控参数，机组的每条油管线、气管线、水管线，每一处都留下了她的脚步。

她抓住每个学习的机会，拿着机组的图纸，对从没接触过的蒸汽轮发电机组一个一个阀门对，一块一块表计查，一条一条管线认；向岗位上的老师傅请教，了解发电机组事故隐患排查、压缩机故障处理、泵类故障处理等各类可能发生的故障，在理论中学习，在实践中升华。她掌握了机组标准化巡视、紧急情况下的处理措施以及机组启、停的相关操作，这些是一名汽轮机运行值班员应该具备的基本功。

有一年的凌晨，由于设备故障原因，汽轮机负荷直线下降，跟着机前压力、真空值、凝结泵、射水泵压力都一起跟着急速下降，随着一声"机组甩负荷，快速增加负荷"，原本安静的控制室一下子沸腾起来，大家各司其职，戴上安全帽奔赴现场，聚精会神地"挽救"甩走的负荷。经过一晚的忙碌，她忽然有一种莫名的成就感。

白驹过隙，随着工作岗位的变化，从日夜颠倒的运行岗位到忙碌的办公室，从每小时的现场巡检到工作取景，每一处都留下她的足迹。气喘吁吁地追上了那支穿梭在沙漠中的队伍，她拿出相机打算拍一组沙漠中巡线的镜头。硕大的沙漠中，几个人小小的身影缩成了几个微小红点。熟悉沙漠的人走路都会吃力，加上肆虐的风雨，这路走得更艰难了。陕北阴雨不断，大伙从天刚亮就拿着铁锹、定位器开始一级一级杆子的巡视。几名外线工沿着线路一字排开。影影绰绰的队伍中传来一阵粗粝的对话声，随后吆喝声四起，夹杂着自成一派的歌声，听来竟也与这荒芜的沙漠浑然天成。在需要负重以及枯燥的巡线时，这是工人之间相互鼓劲的特有方式。

看着他们印着汗渍的背，她举着相机果断按下快门，甚至等不及他们摆好理想的姿势，等不及他们站到该站的位置，她只想把眼前的人装进来，就这样各色各样地装进镜头。

这般简简单单，不知道多年后他们是否还会记得这张照片，会不会在他们的记忆中留下一点印记。也许多年后，他们会跟身边的女友谈起自己身强体壮负重上山，或许满脸皱纹的父亲会喝着浊酒回忆曾经的沧桑，花甲母亲抚遍照片留下的每寸思念。

"每个人身后的故事都值得被收藏，我用照片让大家记住这一张张挂着汗水带着微笑散发着力量的笑脸。每个人心中都有一座山峰，若要攀过到达梦想的彼岸，就要坚守那个最初的选择，与自己的梦想比肩。"

说话的人叫张莉，她的青春是最具创造精神的力量所在。

托起彩虹

他们用奋斗的青春，诠释什么是新时代最美丽的追求。

油房庄110千伏变电所作为当时建设规模最大、自动化和数字化水平最高、硬件设施最完善的变电所，拥有先进的电动刀闸操作机构、微机防误闭锁、数字化遥视等"五防"操作监控技术，她在变电所日常运维工作中，通过运用事故分享、经验交流等方法，把听到、看到、想到的各类故障隐患进行交流，制订更加具有针对性的处理方案。她带领姐妹们将变电所日常运行管理做到理论学习和实践操作相结合，集中学习和个人自学相结合，培训学习和考核督促相结合，实现"学习习惯化、习惯标准化、标准岗位化"，使班组员工的学习意识、判断能力、操作技能显著提高。在这群像花儿一样美丽、勤劳聪明的女工的打造下，站所窗明几净，井然有序，走在站所里，随处都能看到灿烂的笑脸，员工身心愉快。

第一次踏上油田是冷风飕飕的冬天，气温零下10摄氏度，风刮在脸上，像针扎一样疼。她扑下身子融入油田工作，在心里默默地为自己加油鼓劲。立足于岗位，她开始不断学习运行工作理论知识、安全知识，努力钻研一次设备各项知识，《变电运行操作技能必读》《电业安全工作规程》都是她摆放在床头随手阅读的书籍。一年练习填写倒闸操作票300多份，工作票80多张。巡视检查上千次，处理应对突发故障或事故。

马丽娅把最美的年华都献给挚爱的变电所，以巾帼不让须眉的昂扬斗志，谱写无悔青春的华美乐章，22年在历史洪流中可能仅仅是弹指一挥间，22年可能只是历史长河中的一朵美丽的浪花，但对于一个人而言，这是最宝贵的青春岁月。

范丽从兰州交通大学毕业后，来到水电工作。她带领4名同事前往厂家，进行油田数字化电力系统的搭建工作。厂家技术人员听说她们要在一个月内就完成如此庞大工程的建设，惊讶地说："供电局至少要半年才能完成这么大系统的搭建，你们想一个月完成，根本就不可能！"她笑着说："我们必须完成，这是任务。"经过一周的培训，她迅速进入工作状态，日夜奋战，解决了系统搭建中出现的一个又一个难题。每个周末，厂家技术人员已经休息了，她们还在加班加点，夜里10点了，偌大的调试机房里，依然能看到她们忙碌的身影。功夫不负有心人，经过长达30天高负荷的辛勤努力，她们克服重重困难，完成61座变电所93套系统图绘制、6820个设备数据入库，连厂家的技术人员都感慨地说："供电局半年都完不成的工作，你们这么短时间就完成了！"

针对电力建设所面临的多项技术难题，范丽积极开展技术攻关，迎难而上，主导和参与"水电厂管理方法探讨""配电网管理平台研究"等研究课题10项，获得一等奖2项、二等奖3项。在平凡的岗位上，她用青春和智慧书写着自己精彩的人生。

郭永博毕业于西安石油大学，学习的是电气工程及自动化专业，但参加工作后，他才深深地体会到书到用时方恨少。实际工作中，他把施工现场当作提升实践技能的课堂，认真做好每一项试验，处理好每一起电气故障，对技术性难题，总是打破砂锅问到底。他先后参加了姬塬、油房庄110千伏变电所等水电厂重点工程的建设项目。空余时间，他经常一个人"宅"在房间，学习《电力设备预防性试验规程》《怎样看二次图》等各类专业书籍，阅读掌握书中所说的要点，做好学习笔记，不断掌握电气修试安装知识。

陕北地区天气多变，白天的太阳能把人烤焦，晚上又冻得

线路特巡

人穿棉衣还直打哆嗦。这些没有让郭永博畏惧，面对工作中出现的新技术新工艺，他积极思考、大胆创新，带领6名施工人员战严寒、斗风雪、抢晴天、战雪天，两天安装完成22面高压开关柜，一天安装完成35千伏主变和6面电容柜。他安装的工程，引流布线一条线、盘柜就位一个面、电杆组立一根杆、线夹安装一个点，多次受到验收组表扬。

何绥庆在工作的10多年里，有多少个节假日、工休日是在工作中度过的，他数不清；处理了多少线路、变电所电气设备故障，他记不清；而对自己管辖的线路、变压器，他却了如指掌。

刚进入工作岗位，何绥庆也曾感到迷茫，觉得在学校里学习的东西和实际差得很远，理论与实践无法有效地融合，遇到设备故障显得束手无策。但是他不甘落后，在心底暗暗下决心，一定要尽快掌握业务技术技能和提高相关理论基础。他开始了自己的努力和拼搏。

何绥庆对待管辖的线路就像对待孩子一样，线路的每一处缺陷、隐患他都牢记在心，每一次接地、跳闸都牵动着他的心。有一次，一场雷雨大风造成环江油区郝阳变电所5号线路保护动作跳闸，他接到电话后立即安排驻站外线人员出去巡线，并第一时间赶赴现场。他知道这趟线路担负着采油七厂洪德作业区的一大半负荷，线路送不上电，意味着上百口油井的停产。由于大雨过后路面湿滑，很多地方车辆根本无法前行，他到达现场后穿着厚重的绝缘靴，背着沉重的工具包，深一脚浅一脚地在泥泞中寻找故障点。经过7个多小时的找寻，他终于找到了故障点，原来是大雨造成了山体滑坡，导致电杆倒塌。大家经过共同奋战，终于在天黑前恢复线路供电，看到满山的抽油机又开始运转了，他欣慰地笑了，而这样的场景在他的工作中不知上演了多少次。

青春可能渐行渐远，但梦想从未结束。

岁月伴随时光的沙漏渐渐消失，于是在成长的书笺上便有了年轮的印记。当青春处在一片蔚蓝的天空，棉花般的云朵，或者皑皑的白雪，又或者夕阳下的晕光，都是生命最美的礼遇。

拉运电杆

天道曲如弓

——水电文化铸就水电魂

水电50年的发展，根在哪里？魂在何方？

攻坚克难、勇攀高峰的背后，又是怎样的力量在支撑他们？

对50年的企业文化进行抽丝剥茧的梳理，发现企业文化是历史的积淀，也是时代精神的熔铸。岂知天道曲如弓，和长庆的追梦之旅一样，水电的发展和文化之光的闪耀，也并非一蹴而就。

水电坚持精神指引和文化引领，从"老三篇"铸魂到新思想武装，从孕育"干打垒精神"到形成水电团队精神，从传承"三老""四严""四个一样"到发扬"一切严格起来、一切落实下去"工作作风，在实践创造中进行文化创造，在发展进步中实现文化进步，在发展中形成文化观念、传统作风等文化意识形态。

水电精神的基因，主要有三个来源：解放军文化以及革命老区文化和大庆精神。

1970年10月，国务院、中央军委确定由兰州军区负责组

藐视三千天，重视一伸手

成陕甘宁地区石油会战指挥部，拉开了长庆大会战的序幕，两万多名解放军指战员和复转军人安营扎寨到长庆，创造了"跑步上陇东"的英雄壮举。解放军崇高的使命感、一切行动听指挥的忠诚和钢的意志、铁的纪律，成为长庆文化的精神底蕴。这是水电精神文化的重要源头，水电人继承了解放军铁的纪律、钢的意志和能打硬仗、敢打胜仗的工作作风，以及令行禁止、服从命令的执行力。

与此同时，来自玉门、新疆、江汉等油田的8000多名石油人也会聚这里。从王铁人的师傅、我国第一代石油工人代表王化兰参加长庆大会战开始，"三老四严""四个一样"和"爱国、创业、求实、奉献"的大庆精神、铁人精神不断传承发扬，培育了水电人热爱祖国、献身石油的崇高品格。

长庆地处革命老区，延安精神是中华民族宝贵的精神财富。坚定正确的政治方向，解放思想、实事求是的思想路线，全心全意为人民服务的根本宗旨，自力更生、艰苦奋斗的创业精神是延安精神的灵魂。对于长庆石油人而言，发扬延安精神，首先就是要肩负起我为祖国献石油的历史使命，承担起国有大企业的经济责任、政治责任和社会责任；发扬延安精神，就是要发扬自力更生、艰苦奋斗的创业精神，要有立足高原、扎根荒漠、勇于奉献的意志和情怀。水电人在这片红色的土地上成长，受延安精神熏陶，红色文化传承深厚，保持着淳朴务实耐劳的特点，体现出特别能吃苦、特别能战斗、特别能付出、特别能奉献的精神品质。

这三种文化既是老一代长庆人的行为，也是今天长庆人的信仰与追求。从创业到发展，长庆在这三种文化基因的基础上，汲取先进的现代管理经验，形成了以"攻坚啃硬、拼搏进取"为精髓的长庆文化价值体系。

建厂以来，水电员工继承和发扬三种文化精神，奋战陕甘宁，挺进毛乌素，建电厂、架银线、装机组、找水源，形成具有水电特色的文化体系，塑造一支具有高度凝聚力、顽强战斗力和坚定执行力的水电团队。

艰苦奋斗建家铸魂

20世纪70年代，水电职工跟随两万多名解放军指战员以及来自大庆、玉门、江汉等油田的数万名职工，参加长庆石油大会战，以革命的顽强意志，开始"自力更生、艰苦奋斗"的创业历程。

水电领导人坚持用毛泽东思想统率一切，以"两论"起家，"老三篇"铸魂。企业管理从会战之初的企业整顿，到后来的岗位责任制管理模式，辅以半军事化管理手段，以思想政治工作为主，强调一切行动听指挥，工作上同样雷厉风行，倡导先生产后生活的工作理念，以经验管理、制度管理、思想政治工作代替企业管理。

当时虽然没有企业文化的提法，但在《矛盾论》《实践论》哲学思想指导下，长庆水电秉承大庆精神、铁人精神和解放军精神，在环境极其艰苦、设备极其简陋、生活极其困难、人员素质偏低的情况下，人人与企业同呼吸、共命运、心连心，靠着革命加拼命的意志，做出一系列壮举，如人拉电杆送马岭，自打土坯建基地，自建柴油发电站，小凤川里办农场，涌现以学铁人标兵王克明、蔡发泉等为代表的英雄模范人物，标志着水电团队精神的孕育和发展。

创业阶段对于长庆水电而言是萌发的年代，在发展的艰苦创业时期，电力先行者不畏简陋的食宿条件，不畏艰苦的工作环境，形成迎难而上、艰苦创业的气度。水电企业文化初步孕育，培育形成为国争光、胸怀石油、艰苦奋斗、保油供电的优秀品质，保障油田会战供电、供水和通信等任务，为后面企业的发展奠定基础。

文明之花美丽绽放

以文化之，乃成其大。

随着陕北油气田的开发，长庆进入"油气并举、协调发展"时期，长庆水电此时抢抓机遇、主动求变，停运贺旗发电厂，加快水电网络调整和通信专网完善，实现油田专用电网并入地方电网，通信覆盖陕甘宁油田单位的飞跃。

为团结凝聚职工顺应油田发展形势，激发职工保油供电供水的斗志，长庆水电坚持"抓生产从思想入手，抓思想从生产出发"的工作方法，注重加强思想政治工作和精神文明建设，建立多个文化活动场所，开展"五讲四美三热爱"活动，以有效的思想政治工作和精神文明建设，丰富职工精神文化生活，教育引导职工为企业发展做贡献。

高原站所

"扎根水电、爱岗敬业"的主人翁精神，"以苦为荣、不计报酬"的奉献精神，"顾全大局、主动协作"的集体主义精神，不断得到丰富和升华，这些都为水电文化的形成奠定了丰厚的思想基础。

油田重组分离，作为存续企业的长庆水电正确定位，面对市场求生存、图发展、争效益，开展"二次创业"活动，稳妥地做好油田水电生产建设，不断扩大发展规模，管理水平得到进一步提升。把发扬大庆精神和"三爱"教育作为加强职工队伍建设的重要内容，开展"三爱"演讲讨论活动，形成学习大庆精神、铁人精神的良好风尚，形成"四有"作风：有理想、有道德、有文化、有纪律。

确定厂歌、厂花、厂徽，职工文化活动更加丰富多彩，如大型文艺演出及群众性文体活动交相辉映，企业呈现蓬勃发展的良好态势，文化建设初显成效，凝练形成"团结、求实、拼搏、奉献"的水电精神，成为这一时期统领职工思想价值的精神指引，丰富了水电文化的基本内涵。

水电品质全面提升

整合重组后，"发展大油田、建设大气田"事业全面推进，围绕做精做专水电业务，水电倡导"团结、求实、创新、增效"的价值导向，积极培育系列特色文化，厚植水电文化沃土。

随着科学发展观的提出,"大油田管理,大规模建设"的深入推进,在油田公司企业文化理念体系的统领下,员工思想观念发生全新变化,服务保障、安全发展、和谐稳定成为最主要标志,发展、转变、和谐成为水电发展的指引。企业更加注重职工价值与企业愿景的统一,坚持以人为本,创造了和谐发展的局面。利用多种载体对职工进行理想信念教育、感恩教育,大力开展文化理念最佳实践活动。

这个阶段也可称为企业文化的创新时期,创新整合水电价值体系,把打造以文化为核心的软实力,放到与安全生产同等重要的位置。这是一次质的飞跃,高质量持续发展的企业,更要有精神品质作为向导。

统一企业标识、企业精神、核心理念和企业宗旨。

规范集会、礼仪等活动,形成一整套具有水电特色的礼仪文化。

凝练形成"勤勉尽责、严谨规范、同舟共济、拼搏进取"的新时期水电团队精神。

形成水电特色管理体系和制度文化、工作文化、安全文化、服务文化、廉洁文化、班站文化。

权责明确、执行有力的制度文化。在"有章可循,有法可依"的基础上,不断建立健全企业管理制度体系,使各项制度充分体现授权和责任的对等,权力有多大,责任就有多大,干部职工在制度的规范和约束下自觉行使权力,履行责任和义务，彰显权利与责任的对称性和执行制度的公正性。以各级管理岗位为重点，辐射各个层级，增强制度执行的原动力、示范力和监督力；各级领导带头执行各项规章制度，以自律带动他律，充分发挥各级干部的示范和导向作用；通过完善考评、问责机制，打造快捷及时的监督平台，增强监督实效，提高执行力。

尊崇标准、勤勉尽责的工作文化。建立企业标准化管理体系，制定严细的标准化操作流程，做到方针原则具体化、弹性规定刚性化，在适用范围上向细节延伸，在内容丰富上向深度拓展，增强岗位标准化的针对性和可操作性，构建起上下衔接、相互支撑、配套齐全的标准化管理体系。实施"让标准成为习惯"的文化落地工程，达到标准化内化于心、固化于制、外化于行，培育形成人人学标准、用标准、执行标准的行为习惯，促使干部职工勤奋履职、落实责任、上标准岗、干标准活，人人尊崇标准、执行有力，各项工作全面受控。

诚信为本、服务至上的服务文化。坚持诚信服务为立身之本、发展之基，遵循真诚、周到、满意、完美的服务理念，以油气生产单位的满意为水电服务的最高标准，视油气生产单位的需求为水电服务的最高追求，依法经营，诚信服务。树立服务油气生产就是保障长庆发展的全局观，以油气勘探开发的水电需求为最高命令，坚持油气田发展到哪里，水电服务就跟进到哪里，优化服务流程，升华服务品质，提高服务质量，为公司油气生产建设提供优质、安全、可靠的水电保障。

用百分安全心、献万度效益电的安全文化。企业是员工的家园，高度重视和切实做好安全生产工作，是构建和谐水电的前提条件，是保障水电生产安全和职工生命安全的必然要求。水电厂始终坚持以人为本的理念，思想认识上警钟长鸣、制度保障上严密有效、技术支撑上坚强有力、监督检查上严格细致，竭力创造安全的工作环境、工作设施和操作规程，实现本质安全，促进水电安全发展。

清白做人、干净做事的廉洁文化。弘扬中石油优良文化传统和作风，积极培育清白做人的成长环境，各级干部带头讲廉、述廉，肩负廉政建设责任，各级班子不断创新预防职务犯

白雪皑皑

罪的方法和途径，将廉洁从业的要求融入岗位职责，促使干部职工明是非、辨善恶、分美丑，自觉遵纪守法，共筑廉洁防线。坚持廉政建设的层层分解和层层监督机制，把保廉、促廉与安全生产、经营管理有机结合，不断加强荣辱观教育和廉洁从业教育，强化提前预防和监督检查，构筑反腐倡廉的有效合力，使无形的廉洁文化变为人人干净做事的有形成果，营造企业健康发展的良好环境，保持水电一方净土。

自主管理、以站为家的班站文化。坚持人文关怀和刚性管理相结合，推行全员有责、全员参与、全员管理、全员创新、全员创标的基本方法，促使人人执行标准，只有规定动作，杜

绝自选动作，提高自我约束、自我控制、自我解决问题的能力，实现自主管理，提高班站管理水平。以满足职工学习、工作、生产为出发点，深入实施"技能强站、文化兴站、情感建站"工程，着力建设一线职工之家，创造良好的生产生活环境，营造团结紧张、严肃活泼的班站文化氛围，激励职工享主人权、尽主人责，快乐工作、开心生活。

淬炼作风筑梦远航

新时代，长庆水电荣获"改革开放40年中国企业文化优秀单位"称号，标志着在物质文明建设取得辉煌成就的同时，精神文明建设也取得了丰硕成果。

肩负保障使命的水电人，从筚路蓝缕的艰难岁月中一路走来，从"人拉电杆上马岭"播撒了创业和奉献的种子，从此一路栉风沐雨，披荆斩棘，勇担油田建设排头兵责任，在加快油田电网发展中收获了精神和文化的果实。探索、积累、沉淀滋养一代代水电人的团队精神，形成"真诚、周到、满意、完美"的服务品质，养成"海拔高追求更高，风沙大责任更大"的奉献意识，营造"让文化引领标准，让标准成为习惯"的工作氛围。

升级厂史展览馆、陇东职工文化活动中心和职工书屋，打造一批"六个一"标准化党支部活动阵地，建成7个片区文化示范站所和文化标杆团队，完善"网络+新媒体"主流思想文化阵地，建成覆盖所有基层单位的职工文化体育活动场所。开展企业文化再总结再提炼再提升活动，对长庆水电半个世纪积累沉淀的好精神、好品质、好传统、好模式等进行再总结再提炼，编撰《话说水电四十年》故事集《追忆》、反映劳模风采的《水电群英谱》，开展"感动长庆"劳模先进典型培养选树活动，一大批"展、演、赛"文化艺术作品亮相油田内外，展示水电良好形象。

坚持举旗帜、聚人心、育新人、兴文化、展形象的宣传文化工作思路，举办精品党课比赛、五行诗大赛、一点创新活动、新媒体创作、职工体育运动会等一系列活动，引导员工自觉践行社会主义核心价值观，发扬苦干实干、三老四严石油精神，汇聚爱岗敬业、保油供电的正能量，为企业形象增添光彩。

倡导"岗位知规，尽责守矩""品德彰党性，业绩显才能""靠实干出彩，凭业绩进步""用百分安全心，献万度效益电""劳动赢得尊重，快乐营造人生"的管理理念，筑牢水电高质量发展的共同思想基础，形成铁塔品格，变压器精神，接地线作风。

勇于担当、乐于奉献的铁塔品格。塔高人为峰，铁塔就是水电人的象征，变电所员工与铁塔为伍，与银线为伴，长年累月巡视呵护电力铁塔，让巍峨的铁塔翘首，连绵的银线畅通，让变电所平稳，油区油流欢腾。这一座座银白相见的铁塔，无畏山峻峰险，无惧坡陡路长，巍然挺立在荒漠戈壁中，勇于担当乐于奉献。员工不计较得失，不抱怨辛劳，甘于平凡，乐于付出，专心致志，心无旁骛地干好本职工作，成就铁塔品质，诠释担当精神。

勤勉尽责、追求卓越的变压器精神。变压器作为配电网的核心部件，主要作用是变换电压，以利于功率传输，其本体由绕组和铁芯组成，绕组是电的通路，铁芯是磁的通路，这种电—磁—电的能量转换过程即变压器的工作过程。变压器这种勤勉尽责地传输能量，尽职尽责地变通所需，凝聚合力追求卓越的精神被变电所员工形象地誉为变压器精神。在变压器精神感召下，员工恪守标准规程，倡导精细化管理理念，对站容站貌生产标识进行规范，达到目视化标识全、安全设施全、环境卫生整齐，形成统一的设备巡视、刀闸操作、工作汇报模式，用心想事、细心谋事、主动干事，用智慧把本职工作干好。

严谨务实、团结协作的接地线作风。接地线是停电后所采用的安全防护工具，它三相相接与大地连为一体，主要用于预防突然来电对人体的伤害，是保护检修人员的一道安全屏障，被员工称为"生命线"。悬挂拆除接地线的操作过程必须严肃细致，符合技术规范要求，员工自觉培养严谨务实的工作作风，不断提高自身安全素质。接地线严谨细致的操作要求，团结协作的工作作风，凝结一股绳的执行力，让员工明白没有完美的个人只有完美的团队，要像接地线一样既各司其职又密切配合，大家把这种好的作风称为接地线作风。

文化的形成靠理念引导，更靠实践养成，长庆水电在推进理念实践过程中，在文化的知与行之间搭建了一座桥梁，形成有好的观念指引、有好的方法改进、有好的机制坚持、有好的经验分享的文化建设模式。

企业文化既是企业发展历史的沉淀，也是对企业未来的引领。水电文化底蕴来自50年的生产建设实践和干部员工的坚守奉献，既是经验的概括、智慧的集成，又是汗水的结晶、实践的浓缩，既是历史的传承、未来的引领，又是精神的标杆、价值的主导，成就了企业独特的气质和鲜明的个性，引领着一代又一代水电人在拼搏奉献中坚守新使命、播撒新希望，在高质量发展中创造新价值、成就新辉煌。

水电企业从萌发到磨砺到壮大再到创新，就好比一颗不经意间掉入泥土的种子，在泥土中慢慢汲取自身所需要的营养，破土而出吸收天地精华茁壮成长，而后给后人乘凉。吸纳时代精神，继承文化传统，面向未来发展，凝聚而形成的水电文化体系，是水电新时代文化之魂。

一棵大树，抬起头你能看到它参天茂盛的雄姿，俯首看它的根永远是深深地扎在广袤的大地和肥沃的土壤之中，水电正是这样一片广袤的大地和肥沃的土壤。水电精神，是这块土地独树一帜的文化自觉和文化自信，深深融入每个水电人的血液和灵魂里，一脉相承而历久弥新。

水电文化流传50年，精神传承永不变。

水电发展靠精神而站立，因精神而恒久，这是水电企业的根与魂，是水电人共同的思想基础和奔涌不息的精神血脉。

大地起舞

让历史告诉未来

时代是出卷人，我们是答卷人，人民是阅卷人。50年水电，也为油田交上了一份满意的答卷。这份答卷有分量，有智慧，更有温度。水电人立下"挽弓如满月，西北射天狼"的凌云志，在莽原深山、戈壁世界，用青春热血和钢铁意志，"电"亮油田的星空，让高天厚土银线蔓延，塞外大漠铁塔巍峨。

当石油从几千米的地下喷薄而出，电能作为石油的驱动力，凭借油流的酣畅淋漓、势不可挡和厚积薄发，向人们呈现激情如火的形态，这是一种"气质"：蕴含在石油之中看不见摸不着，却能感受到的钢铁气质。

翻开长庆开发建设的历史档案，从两台发电机开始，电力始终与石油进行赛跑，结果总是先期到达。他们像一只不说话的蜘蛛，悄悄在油田布下电网。这张网四通八达，把星罗棋布的采油树联合站串联起来。

风雨兼程50年，历尽天华成此景。

再回首，岁月沧桑，抹不去心中的记忆；风沙弥漫，湮不没奋斗的历程。

在水电建厂50周年之际，倾听来自不同年代的水电回音，将幸福生活凝聚于笔尖，将赤子之情跃然于纸上，这是珍藏创业记忆，传承精神动力，播撒发展希望。

长庆水电不会忘记，长庆几届领导班子对水电发展的悉心指导，油田机关、兄弟单位对水电发展的无私帮助。

长庆水电不会忘记，为发展壮大做出重大贡献的各位老前辈和老同志，是他们呕心沥血、默默奉献，为水电今天的大好发展局面奠定坚实的基础，做出不可磨灭的贡献。

长庆水电不会忘记，为科技文明之光挥洒汗水的新老科技工作者，为水电发展顽强拼搏的先进模范，为水电生产默默坚守的干部员工。

长庆水电从诞生的那天起，就像一支领跑的火炬，一路先行，把激情如火的气质传遍整个油田。

1971年3月26日，兰州军区长庆油田会战指挥部二分部长庆水电在宁县长庆桥成立，长庆水电正式诞生，走上"为油而生，为油而战"的漫漫创业发展路，踏上转战南北服务长庆油田三叠系找油、古生界找气征程。

20世纪70年代，随着陇东石油勘探大规模开发，水电员工挺进长庆桥，栉风沐雨，昼夜鏖战，战马岭，攻华池，建设发电站、变电所，倾全厂之力建成装机容量为16500千伏安的贺旗火力发电厂，承担起油田开发供电、供水和通信任务。

80年代，随着西北电网的迅速发展，长庆水电抢抓机遇，主动求变，加快水电网络调整和通信专网完善，建成阜城、悦乐一批35千伏变电所和通信站，1000多公里的油田通信专网、油田专用电网并入西北电网。

90年代，紧跟安塞油田发展步伐，建成35千伏冯庄变电所、靖边天然气发电厂和3座燃气发电站，以及以马岭、杏河110千伏变电所为标志的枢纽变电所、输配电线路，构筑起陇东和陕北两大主力电网，供电供水能力大幅提升，为长庆油气并举提供可靠保障。

新世纪以来，长庆水电推行战略管理调整，加快管理创新步伐，积极推进专业化管理，推动水电发展方式转变。加快工业化与信息化深度融合，用数字化智能化对管理体系进行系统性整体性重构，助力企业管理创新升级，推动发展质量变革、效率变革、动力变革。

紧跟油气田快速发展的步伐，持续加快骨干电网建设，适时调整组织机构，加强水电网络优化运行，高效服务保障油气田生产。以姬塬、西峰、华庆油田和苏里格气田等新开发油气田为重点，规划水电网络建设，建成三大油田骨干电网。

围绕供电线路、发变电设备控制系统可靠性差、线路易遭雷击等重点技术难题，加大科技开发和新技术应用研究，提高电网安全运行可靠性。丰富完善水电成熟技术，创新形成电网数字化管理、水源井系统自动控制等成熟技术，为水电网络安全运行提供技术支撑。荣获上级各类荣誉230余项。

面对千沟万壑的黄土高原，水电人没有止步；面对荒芜孤寂的毛乌素沙漠，水电人没有退缩。波澜壮阔的创业史留下一幅幅荡气回肠的历史画面，艰辛的历程留下了闪光的足迹，打造一支铁人式电力队伍，擎起长庆发展的一面旗帜，刻下风雪中的创业脚步，荒原中的架线气魄，也在中国石油振兴版图上，写下了责任与担当。

抚今追昔，意在登高望远；知往鉴今，重在开辟未来。

"它是站在海岸，遥望海中，已经可以看得见桅杆尖头的一只帆船；它是立于高山之巅，远看东方，已见光芒四射的一轮朝阳。"这是《星星之火可以燎原》的结尾，全文最精彩而富有哲理的一段话，用它为明天的水电背书，恰如其分。

祝愿长庆水电的明天更加辉煌！

祝愿千军万马，走出一片金灿灿的新天地！

初稿于2019年8月—2020年4月

二稿于2020年5月—7月

三稿于2020年8月—9月